S'adapter

Clara Dupont-Monod

うけいれるには

クララ・デュポン＝モノ
松本百合子訳

早川書房

うけいれるには

S'ADAPTER
by
Clara Dupont-Monod
Copyright © 2021 by
Éditions Stock
Translated by
Yuriko Matsumoto
First published 2023 in Japan by
Hayakawa Publishing, Inc.
This book is published in Japan by
arrangement with
Éditions Stock
through Japan Uni Agency, Inc., Tokyo.

装幀／藤田知子
装画／野口奈緒子

「もし彼らが黙れば、石が叫ぶだろう」

ルカによる福音書　十九章四十節

「〝正常〟って何なの？　ママやお兄ちゃんみたいなのが
そうだって言うんなら、あんなふうになるのはまっぴらよ！」

ブノワ・ペータース作、フランソワ・スクイテン画「傾いた少女」（古永真一訳）

第一章　長男

ある日、ある家庭に、社会に適応できない子どもが生まれた。人をおとしめる下劣さの漂う言葉ではあるが、適応できないという言葉はやはり、彼のだらりとした肉体、見開いていながらも虚ろな視線の現実をよく言い表していた。「損傷した」と形容するのはそぐわないし、「未完成の」という言葉も同様で、この種の言葉は使われなくなった物を思い起こさせ、そうであれば廃品にするのがふさわしい。「適応できない」は正確には、その子どもが機能的なものの枠外に存在すること（手はものをつかむためにあり、両足は前進するためにある）、それでもほかの人々の人生の端っこに留まり、そこに完全に溶け込んではいないけれど、自分の居場所を確保していることを意味する。まるで絵画の片隅にある影のごとく、乱入者のようでありながら同時に画家の意図によって描かれたものでもあるのだ。

最初、家族は異常に気づかなかった。赤ん坊はとてもかわいかった。母親は村落や周辺の小さな街に暮らす人々を招いた。車のドアが音を立て、伸びをした身体が数歩ふらついた。僻地にあるこの集落に辿り着くまでには細くて曲がりくねった山道を運転してこなければならなかったので、胃が収縮して気持ち悪くなった。すぐ近くの山からくる友人たちも中にはいたが、ここでは「近く」にはなんの意味もない。ある場所からほかの場所に移動するためには、登って、そして降りなくてはならなかった。山には横揺れがつきものだった。集落の中庭にいると、ときとして、緑の泡にふわふわと覆われた巨大で不動の波に取り囲まれているような感覚があった。風が立ち、木々を揺すると、大海がとどろいているように聞こえて、中庭は嵐から守られている小さな島のようだった。

中庭は、黒い釘の打ち込まれた長方形の分厚い木の扉の先にあった。物知りによればこれは中世の扉で、何世紀も前にセヴェンヌに住みついた祖先によって作られたのではないかということだった。二つの家屋、そのあとに玄関の雨除け、パンを作るためのかまど、川をはさんで、薪を割るための小屋、風車を作った。狭い道が終わって小さな橋に差しかかり、川に面した一軒目のテラスが見えてくると、車の中で人々の漏らす安堵のため息が聞こえてきた。その家の裏手に続いて建っているもう一軒の家、母親が友人や親戚を迎え入れるために左右に開け広げた中世の扉のついた家、ここでその子どもは生まれた。母親がクリの実でこしらえた果実酒をふるまうと、中庭の木陰でみんなうっとりして飲んだ。赤ん坊用の椅子でなんともおとなしく寝ている子どもを起こさないように、みんな声を潜めて話をしていた。子どもはオレンジの花の良い香りがした。周りを思いやって静かにしているように見えた。ぽっちゃりした青白い頬、褐色の髪の毛、大きな黒い目。彼の属するこの土地の子ども。山々は、渓流に足をひたし、風に身体を包まれて赤ん坊用の椅子の見張りをしている母神に似ていた。ほかの子たちと変わらないその子どもは歓迎された。ここでは赤ん坊は黒い目をしており、年寄りは骨と皮のようにやせていた。すべてがうまくいっていた。

三カ月経つと喃語（なんご）が出ないことに気づいた。子どもは泣くときを除いてはほとんどの時間おとなしくしていた。にっこりしたり、顔をしかめたり、授乳のあとにああとため息をついたり、ドアのバタンという音に身体をビクッとさせることはあった。それだけだった。泣く、にっこりする、顔をしかめる、ため息をつく、身体をビクッとさせる。そのほかは何もない。子どもは手足をばたばたさせることがなく、じっとしていた。「生気がない」

と両親は口には出さなかったが心の中で思っていた。人の顔、頭上に吊るしたモビール、ガラガラにも一切、興味を示さなかった。とりわけ、黒い目がどんなものであれ何かに注がれることはなかった。揺れ動いたかと思うと、横にそれていくように見えた。目に見えない虫を追うように瞳はクルクルと動いて、そしてまた、空をじっと見つめるのだった。子どもには橋も背の高い二軒の家も見えていなかった。昔々からそこに立ちはだかり、嵐や戦闘によって何度となく壊されてはそのたびに再建されてきた、赤みがかった古い石壁。その壁によって道路と仕切られている中庭も見えていなかった。やすりをかけたような山肌、数えきれない樹木が生い茂る斜面、急流でひび割れたように見える山は、彼には見えていなかった。子どもの目は景色や人々の上をそっとなでるように漂っていたが、その視線が一点に留まることはなかった。

ある日、赤ん坊用の椅子に寝かされていた子どもの横に母親がひざまずいた。手に一個のオレンジを持っていた。彼女はそっとその子の目の前に果物をかざした。大きな黒い目は何も捉えず、なんの反応もなかった。その目は何かほかのものを見ていた。そばに誰かいたとしてもなんと言っていいかわからなかっただろう。母親は再びオレンジをかざした。何度もかざしてみた。そして、子どもは目が見えにくい、あるいはまったく見えないのだと理解した。

この瞬間、一人の母親の心の中でどんな感情が渦巻いたのか知る由（よし）もない。いまこうして語っている私たち、中庭の赤みがかった石は、子どもたちには強い愛着を抱いている。私たちが語りたいと望んでいるのは、子どもたちのことだ。私たちは壁にはめ込まれ、身を乗りだすようにして子どもたちの暮らしを見ている。数千年も前から、私たち石は証人としてここにいる。何か起こるといつも子どもたちは後回しにされてきた。おとなしい子羊たちのように家の中に押し込まれ、守られるというよりも遠ざけられてきた。でも実際、私たち石を遊び道具として手に取るのは子どもたちだけだ。一つ一つに名前をつけ、めちゃくちゃに色を塗りたくり、絵や文字で埋め尽くす。目をつけ、口をつけ、髪の毛のように草をくっつけ、櫛をあてる。私たち石を重ねて家を作る、投げて水切り遊びをする、そうかと思えば一列に並べてゴールにしたり、列車の線路にしたり。おとなは私たちを利用するだけだが、子どもたちは気分転換をさせてくれる。だから私たちは子どもたちに心の底から愛情を感じているのだ。感謝しているのだ。私たちは子どもたちのためにこの話を語る義務がある。おとなはみなそれぞれ、子どもだった頃の自分自身の恩恵に浴していると思い出す必要がある。だからこそ、その日、父親が子どもたちに中庭に来るように呼んだときに私たちが見ていたのは子どもたちだった。

プラスチックの椅子が地面をこすった。長男と妹、二人の姿が見えた。二人とも当然のように、髪の毛は褐色で目は黒い。長男は九歳にして背筋を伸ばし、わずかに胸を突き出して立っていた。木登りをして遊び、坂道にもエニシダで引っかき傷を作ることにも慣れている、この土地の子どもたち特有のかさぶたと青あざに覆われた細くて頑丈な脚をしていた。長男は本能的に妹を守ろうとして肩にそっと手を置いた。彼は横柄に振る舞うことはあったが、その傲慢さはロマンティックな理想像を追い求める気持ちから湧き出てくるもので、忍耐を何よりも大切にしていたため、単にうぬぼれの強い者とは一線を画していた。一徹な思いで長男は妹を見守り、大勢いるいとこたちにはみんな同等に規則を押しつけ、友達には勇気と忠誠心を求めた。何がなんでもリスクを避けて通ろうとする者、彼の個人的なバロメーターで臆病さの記録を打ち立てた者は、その報いとして彼の尊大な態度でいやな思いをさせられることになったが、そうなったら二度と後戻りはできなかった。この自信はどこからくるのか、山が確固たるものを彼に植えつけたのだろうという推測を除いては誰にもわからなかった。それを確かめる機会は、私たち石には何度となくあった。人々はみなどこかで生まれるが、その生まれた場所というのは両親と同じくらい人格形成に影響力を持つことがあるのだ。

その晩、長男は父親の前で顎をかすかに震わせ、自分の理想である騎士道にふさわしい姿でいられますようにと心の底で願いながら直立していた。しかし、こぶしを握りしめる必要はなかった。父親は子どもたちに向かい、穏やかな声で、きみたちの弟はおそらく目が見えないんだ、と説明した。医師の診察はすでに何度か受けているが、二カ月先に最終的な診断が下りることになっていると伝えた。そして、この盲目の件をチャンスと捉えなくてはならないとつけ加えた。なぜなら、長男と妹は通っている学校で唯一、点字のカードを理解できる特別な存在になるのだからと。

子どもたちは一抹の不安を感じたが、有名になれると思うと悲観的な考えはすぐさまかき消された。試練もこんなふうに示されれば魅力となる。目が見えないからといってどんな問題があるというのだろう？　休み時間にはみんなから注目されることになるだろう。長男は、そうなるのは自然の流れのように感じた。すでに学校のリーダー的な存在となっていた彼は、かっこよくて、あるがままに振る舞える自分に自信があり、口数の少なさがさらにオーラに箔をつけていた。よって彼は夕食のあいだずっと、自分が一番に学校で点字のカードを見せるからと妹を説き伏せようとしていた。父親は審判役となってこのやり取りを楽しんだ。この瞬間はまだ、分裂が姿を現しつつあることに誰も実感を持てなかった。まもなく両親はのんきでいられた最後の時間について話すことになるが、背徳的な概念であるのんきさは、いったん消えてからでないと味わえないものなのだ。

早いうちに両親は子どもに活力がないことに気づいた。新生児のように首がグラグラして、片手でいつもうなじを支えていなければならなかった。両腕、両足は、力なくぐったりと伸びていた。お手てちょうだいをしても差し出すことはなく、反応がなく、コミュニケーションを取ろうとしなかった。長男と妹がどんなに鈴を鳴らそうと、鮮やかな色のおもちゃを動かそうと、子どもは目をほかに向けたまま、何一つ捉えなかった。
「目を開いたまま意識を失った人」と長男は妹に言った。
「それは死人と言うのよ」七歳だというのに妹はそう反論した。

小児科は楽観視できることは何一つないと思った。最高峰の専門家の指揮のもとで頭部のCTスキャンを撮るべきだと勧めた。予約を取り、谷を離れて病院に赴かなければならなかった。街では誰も石を必要としないので、そこから先、私たち石は彼らの足跡をたどれなくなってしまうが、彼らの様子は想像できる。車を停め、自動扉を通ったあと長い靴ふきマットで靴についた土を丁寧に落とし、グレーのゴム床に足元をぐらつかせながら、部屋の一室で立ったまま待ち、医師がやってこないかと今か今かと待った。医師が来て、彼らの名前を呼んだ。画像診断の結果を手に、医師は彼らにどうぞ腰かけてくださいと言った。決定的な診断を告げるための彼の声はやさしかった。お子さんは大きくなります、それは確かです。しかし、目は見えないままで、歩くこともなく、言葉を話すこともなく、脳が必要な情報を伝達できないために四肢は何事にも従いません。お子さんは泣く、あるいは自分の満足感を伝えることはできますが、それ以上のことはできません。ずっと新生児のままです。とはいえ、完全に新生児のままというわけではありません。医師はそこから先は、さらに母性を含んだ声になった。こうした子どもたちの寿命は三年を超えることはありません。

両親はこれまでの人生を、最後にちらりと振り返ることになった。これからは、生きていく瞬間のすべてが彼らを苦しめることになる。そして、思い出せば頭がおかしくなるだろうから、のんきでいられたそれ以前の時間さえも辛いものに変わってしまうのだ。つまり、両親はいま、過ぎ去った時間と恐ろしい未来のあいだにできた裂け目に立たされており、そのどちらも同じように苦痛の重圧に押さえつけられていた。

二人はそれぞれ心の中で、ほんの少し残っていた気丈さと折り合いをつけた。少しだけ死んでしまったようだった。どこかで、おとなの心の奥底で、一つの火が消えてしまった。両親は手と手をからみ合わせ、孤独であると同時に一緒にいることに救われて、川に架かる橋に腰を下ろした。二人の足は空中でぶらぶらしていた。暖をとるため、あるいは姿を消すためにケープですっぽりと身を包むように、夜のしじまに包まれていた。二人は怖かった。「どうして私たちなの？」そして、「どうしてあの子なの、私たちの息子なの？」そして「これからどうしたらいいの？」と自問していた。山は、滝の軽やかな音、風のささやき、トンボの飛ぶ音で、自分はここにいるよとその存在を主張していた。岩壁は削ることのできないほど砕けやすい結晶片岩でできており、岩の自然崩壊による堆積を引き起こす可能性もあった。この地方の上のほうにある花崗岩や玄武岩の光沢のある確かな硬さ、あるいはロワール方面の石灰華の吸水性のある多孔質をうらやむこともあった。同時に、ほかのどんな石がこれほどのオークル色のニュアンスで楽しませてくれるというのだろうと思うこともあった。結晶片岩以外のどんな石がいまにも崩れそうな薄層の繊細な様相を見せてくれるというのだろうか？　これからは運命のままに生きていこう。この地方に暮らすというのは、混沌を受け止めること。いま、欄干に腰を下ろしている両親はこの考え方に従って生きていくべきなのだろうと感じていた。

長男と長女は事態を完全に把握はしていなかったが、ただ、心痛とはまだ名付けられない何か、心をかき乱す力によって、これまで生きてきた世界とは切り離されたところへとぐんと押し出されたことだけはわかった。誰も彼らを助けることのできない、若き感受性がヒリヒリとした痛みを伴って傷つけあう場所。無邪気でいられる時間、それは終わった。繭に包まれているようにぬくぬくしていた日々の名残と二人きりで向き合うだけ。しかし、この時期、長男と長女は、自分にとってその瞬間に役に立つもの、目の前の楽しさを最優先するという子どもらしさに救われていた。悲劇が起こっていようがいまいが、おやつを何時に食べるのか、どこにザリガニを釣りに行くのかを知ることのほうが大事だった。季節は六月、子どもは生後六ヵ月になっていたが、子どもたちの神経は違うことに集中していた。「六月、夏が始まる、いとこたちと一緒に過ごす長い休み」。それ以上に大切なものはなかった。世界の至るところで、目が見えて、手を伸ばせて、頭もしっかりしている赤ん坊は次から次へと生まれていたけれど、この家族の運命に無関心な世の中の流れも、特に不公平とは感じていなかった。

子どもたちのこうした心境は冬まで続いた。いとこたちと子どものことを話題にするのは避け、両親の疲れた顔はできるだけ見ないようにして、両親がその子を赤ん坊用の椅子からソファへ、ソファから中庭にいる年上のいとこたちの腕へと運ぶ、細心の注意を要する努力も頭の隅っこに追いやろうとしていた。それは事実だけれど、それでも、幸せな夏を過ごした。新学期が始まり、新しい友達ができて、学校への往復でスケジュールが埋まり、長男と妹はそれぞれがそれぞれが自分の時間を重ねていった。

クリスマスは一点の陰りもないまま例年通りに行われることになった。山に暮らすこうした家族にとって、クリスマスは一大イベントだった。子どもが生まれたときのように、次々と到着する車のドアが音を立て、集落はまた谷の集合地点となった。食料品を腕にいっぱい抱えた人たちが、凍りついたスレートの地面をそろりそろりと進みながら中庭に入ってきた。感激したり感心したりして人々の口元から漏れるため息が空中に小さな雲を作っていた。空は鉛のように黒かった。子どもたちは客人を家の中へと導くために、色とりどりの電球の花飾りを私たち石にくっつけて、足元には燭台を置いた。しばらくすると彼らはコートにくるまり、ランプを手に持って、空から降り立つサンタクロースが道に迷わないようにと、小さなティーライトキャンドルを置きに山へ出かけていった。暖炉は音を立てて燃え盛り、幼い子どもたちの目には、これほど激しい炎がいつか消えるものとはとても思えなかった。イノシシ肉の煮込み、テリーヌ、オニオンのタルトをこしらえるために十五人もの人がキッチンで押し合いへし合いしていた。小柄な身体にサテンの服をまとった母方の祖母が指示を出していた。根元にプレゼントのたくさん置かれたクリスマスツリーの前で、いとこたちがフルートとチェロを取り出し、咳払いを一つして、音の調整をした。家族の多くがコーラスを習っていた。ほとんどが敬虔な信者ではなかったけれど、プロテスタントの賛美歌はよく知っていた。おとなは幼い子どもたちに向かって、カトリック信者（年老いた叔父たちだけはいまだに「教皇主義者」と呼んでいた）が口にするような地獄など存在せず、神様と話すのに神父は必要なく、常に自分自身の信条に問いかけることが大事だと言って聞かせていた。シワの目立つ従姉妹たちは、良きプロテスタントは約束を守り、歯を食いしばり、胸の内を明かすことはほとんどしないのだとつけ加えた。つまり「忠誠心、忍耐、そして慎み」なのよと子どもたちの顔を見ながら締めくくったが、子どもたちは彼女たちの顔を見ていなかった。音楽の旋律と様々な匂いが巨大な梁(はり)まで立ち昇り、壁をつたい、中庭にあふれ出ていた。人々が火の前に急ぎ、厳しい寒さのときには羊の腹の下に手を潜り込ませていた昔々の夜の団欒とあまり変わりはなかった。

　子どもは暖炉の近くで赤ん坊用の椅子に寝かされていた。みんながわさわさと動き回る中、子どもだけが静止していた。小動物が鼻をクンクンさせるようにキッチンの匂いをかぎ取っているのか、時折、彼の顔にうっすらと笑みが浮かんだ。いつもは聞こえない珍しい音（チェロの和音、コナラ材のテーブルにテリーヌ皿が置かれるときの軽い衝突音、低音の歌声、犬のキャンキャンいう鳴き声）がすると、子どもの指はわずかにピクッとした。頭は横向きで、首がすわらないので頰が赤ん坊用の椅子の布地にペタッとくっついていた。褐色のまつげに縁取られた目はゆっくりと厳かにさまよっていた。部屋の中の何かに気を引かれているように見えたけれど、意識はそこにはなかった。発育し続けている身体はぐにゃぐにゃしていたが、髪の毛はボサボサに生えた。両親もまた、変容していった。

かすかな変調がこのクリスマスの夜のあいだに浮かび上がってきた。長男が子どもに目を向け始めたのだ。なぜこの瞬間だったのか、それは私たち石にはわからなかった。誰の目にも明らかになってきた弟のハンデキャップに無関心でいられなくなったからなのか。もしくは、長男自身も成長していく中で、自分の抱く願望とはあまりにそぐわない現実に落胆し、片時もその場を離れることなくありのままでい続け、彼を失望させることのないこの子どもに平和な伴侶の利点を見出したのか。はたまた単純に、この状況を自覚し、理想の騎士道の精神に押されて、弱い者を徹底的に世話し、守ろうという気持ちになったのかもしれなかった。いずれにしても、長男は子どもの口を拭い、背中を固定し、頭をなでてやった。犬たちを遠ざけ、静かにするように言った。長男はいとこたちとも、妹とさえも遊ばなくなった。みんな驚きを隠せなかった。それまでみんなが見てきたのは、向こう見ずで人をからかうのが好きで、自分が優位であることを知っている、落ち着きのあるかっこいい少年だった。イノシシの足跡を追い、弓の引き方やマルメロの実のくすね方を教えていたのは誰だったのか？　雷雨によってかさの増した泥だらけの川の中をずんずん進んでいたのは？　甲高い音を立てる危険な闇の中でも果敢に歩いていたのは？　妹やいとこたちが怖がるヨーロッパアブラコウモリを見つけても、褐色のフサフサした髪をつかまれないようにきびきびとした仕草でフードをかぶり直すだけだったのは？　それこそが長男の姿だった。彼は孤高で堂々として、冷徹なまでの自信にあふれ、側近のことを思いやる、領主の穏やかな権威に満ちていた。

このクリスマス、長男は何も提案しなかった。妹もいとこたちもあえて彼の邪魔をしようとはしなかったが、彼に近寄り、イライラして足を踏み鳴らしていた。長男はいつも以上に静かだった。暖炉の使い方を心得ている彼は、終始、火のそばにいて弟が暖かくいられるように見張っていた。弟の頭を高くするために赤ん坊用の椅子にクッションを滑り込ませた。永遠に赤ん坊でい続けようとでもするように両手をしっかり握りしめた子どもの手に、自分の指を一本滑り込ませて本を読んであげていた。十代の健康そのものの少年が、幼い子どもの身の回りの世話をかいがいしくしているのはやや不思議な光景であったが、身体の大きさは一歳でありながら口を半開きにしてコミュニケーションの努力を一切せず、静かすぎるほど静かに黒い目をさまよわせているその子ども自体も、まだ奇妙と言えるほどにはなっていなかったが、すでに不思議だった。二人の肉体的な類似は誰の目にも明らかだったが、なぜこの類似が心に突き刺さるのかは誰にもわからなかった。長男が本から目を離して顔を上げると、一点をじっと見つめる黒い目と濃いまつげは、すぐ横にいる弟の生き写しのレプリカのように見えた。

取り返しのつかない何かをこのクリスマスの晩は残した。そしてそれからの数カ月、長男はどっぷりと子どもに愛情を注ぐことになった。以前は、生活があり、ほかの人たちがいたが、いまは弟が彼の世界の中心となった。二人の部屋は隣り合っていた。毎朝、長男は家族の誰よりも早く起き出し、片足を床につけてテラコッタタイルに触れて身体をブルッと震わせると、扉を押して、白い渦巻き模様の施されたアイアンベッドに向かった。長男と妹も、大きくなって歳相応の寝床を求めるまではそのベビーベッドを使っていたが、子どもはいつまでも何も要求することなく、ずっとこのベッドに寝続けるのだろう。長男は窓を開けて朝の空気を部屋の中に取り込んだ。心得た様子で子どものうなじの下に手を入れて、そっとベッドから持ち上げ、オムツを替えるための台に移した。オムツを取り替え、洋服を着せると、そろりそろりとキッチンのある階下に降ろして、前夜に母親がこしらえたコンポートを食べさせた。しかし、こうした一連の動作の前に真っ先にすることがあった。それは、ベッドのマットレスにかがみ込むこと。穏やかすぎる青白さに感嘆しつつ自分の頬をその子の頬にのせて、肌と肌を合わせたまましばらくじっとしているのだった。頬のクリーム色がかった丸いふくらみを、長男だけに、おそらく彼だけに向かってなでてほしいと無防備に差し出されているその頬をじっくりと味わった。子どもの息づかいは規則的に早くなっていった。二人の視線は同じほうを向いてはいなかったが、長男はそれをよくわかっていた。長男はベッドの白い渦巻き模様と、その後ろにある川に面した窓を見ていた。子どもは誰にも解読することのできないある一定のリズムに従って、どこかを見ていた。長男にとってはこの感じがとても良かった。彼こそが子どもの目となれるのだった。ベッド、窓、急流の立てる白い泡、中庭の向こうにある山、夜空の青色をした中庭のスレートの地面、木製の扉、古い壁である私たち石、石とその赤銅色の反射、耳のように二つの小さな取っ手のついただるま型の植木鉢からあふれ出すように咲く花々。子どもの横にいながら、長男は自分の根気強さに気づかされた。うろたえることのない冷静さは、長いこと、心配事を鎮めるための最良の自己防衛手段だった。待ったなしで事を仕かけるのが好きで、そのためらいのないまっすぐな衝動と行動力に心を奪われて、みんなが彼についていった。本当は、自分が真っ先に始めたいことを人に左右されるのをひどく恐れていたのだ。だから、学校の休み時間の騒々しい群衆、山々の描き出す漆黒、コウモリたちの襲撃も、逃げ出したくなる前に恐れを制御していた。校庭に、夜の闇の中に、不意を襲われるとパニックになってあちこちに飛び回るコウモリたちの住みつく倉庫の円天井の下に、自分から先回りをするように突進していったのだった。

弟に対しては、こうしたことは何一つ通用しなかった。子どもはただひたすらそこにいた。脅してくることもなければ約束を迫られることもないのだから、恐れるものは何もなかった。長男は子どもに降伏するような気持ちを抱いた。もはや先手を打つ必要などなかった。何かが彼の心を動かしたのだ。山々の静けさ、そこにあるだけでそれ以上何も必要としない、一つの石あるいは水の流れ。起源を辿れないくらい古くからあるそうしたものの存在を思い起こさせる、遥か彼方からのメッセージ。逆らいもせず、辛い思いもなく、自然の摂理とそれらが生み出す支障に対する服従心が彼の中で作用していた。子どもは土地の起伏と同じくらい確固としてそこに存在していた。「手の届かない何かを待つより、現状に満足せよ」と彼は独りごちた。これはセヴェンヌ地方に伝わる格言だった。逆らってはいけなかった。

長男は何よりもこの子どもの動じないやさしさ、純真さが好きだった。何にせよ批判するということが一切ないのだから、許しはこの子の本性なのだった。子どもの心は絶対的なまでに残酷さを拒絶していた。彼の幸せはきわめてシンプルなこと、清潔さ、満腹、スミレ色のパジャマの柔らかさ、そして、なでてもらうことに集約されていた。長男は、子どもは純真さとは何かを経験するために生まれてきて、そしていまここにいるのだと理解した。そう考えると心を揺さぶられ、子どものそばにいることで、人生が逃げていってしまうのではないかという恐れから解放され、生き急ごうとはもはやしなくなった。人生、それはそこに、息の届くところに、ビクビクもせず、戦闘的でもなく、ただそこにあった。

長男は徐々に弟の泣き声を解読していった。どんなふうに泣いたらお腹が痛いのか、お腹が空いたのか、居心地が悪いのかがわかるようになった。普通ならもっと大きくなってから教わるような、オムツの替え方、野菜のピュレの食べさせ方もすでに身につけていた。スミレ色のパジャマをもう一着、ピュレに香りをつけるためのナツメグ、拭き取りローションなど、補充すべきもののリストを規則的に整理し、長男がそのリストを母親に渡すと、母親は感謝の気持ちをまなざしで伝えながら買い物をした。長男は弟が良い匂いがして身体が温かくて、穏やかにしているのが好きだった。子どもは気持ちが良くなるとクークーという声を出し、その声は昔々の神秘的な歌声のように宙に舞い上がり、まつげをバタバタさせ、反り返らせた唇はほほえみになり、基本的な欲求が満たされたことだけを示す旋律となって声はさらに高くなったが、それはひょっとするとやさしさへのお返しなのかもしれなかった。

　長男はその子にささやかな歌を口ずさむようになった。なぜなら聴覚こそが唯一、五感の中で機能しており、それは並外れたツールだと早くに理解したからだ。子どもは目が見えない、手でものをつかめない、話すこともできない、それでも聞くことができた。それゆえ、長男は声に抑揚をつけて自分の目の前に広がる景色の緑色のニュアンスを彼の耳元でささやいて聞かせた。アーモンドの緑、鮮やかな緑、ブロンズがかった緑、淡い緑、キラキラする緑、縞模様をつけた緑、黄緑、くすんだ緑。乾燥したクマツヅラの小枝を子どもの耳に寄せてこすり合わせたあと、何かを切るようなその音とは正反対の水桶の水がひたひたいう穏やかな音を聞かせた。時折、中庭の壁の私たち石をいくつかはずし、数センチ下に落として、石が地面に落ちたときのズシンとした音も聞かせた。長男は子どもに、昔々、遠くの谷から農民が背負って持ってきた三本の桜の木の話をした。普通に考えればこの気候と土地では育つはずのない木々だったが、農民は三本の木々の重みに背をかがめて、山を登り、そして下ってやってきた。この桜の木は三本とも奇跡的に大きくなり、谷に暮らす人々の誇りとなり、年老いた農民がその木に実ったさくらんぼうをみんなに配って回ると人々は厳かな気持ちでそれを味わった。春に咲く白い花は幸せをもたらすものとして知られるようになり、病に苦しむ人がいるとその人の元へ花を届けた。時が経ち、農民が亡くなると、三本の桜の木は彼のあとを追うようにして枯れていった。人々はその訳を知ろうとはあえてしなかったが、それは、あっという間に発育が悪くなってしまった枝を見れば明らかだったからだ。木々は植えた人とともに生きてきたのだ。乾いて灰色になった幹はまるで石碑そのもののようで誰も触ろうとしなかったが、長男はその表面に刻まれたほんの小さな溝にいたるまで子どもに話して聞かせた。長男はそれまで誰に対してであれ、これほど話をすることはなかった。彼の世界は音のある、刻々と変わりゆく気泡となり、そこではどんなことでも音や声にして表現することができた。顔も、感情も、過去も、耳を通してのやり取りで伝えられた。長男はこうして、木々が石の上でも育ち、イノシシと猛禽類の住み着くこの土地のことを少しずつ話していった。石塀、菜園、段々畑が作られるたびに、もともとそこには自然の傾斜と独自の植生があり、生まれ育った動物たちがいることを知らしめつつ、何よりも人間の謙虚さを要求しながら刃向かい、権利を取り戻してきたここの自然について語った。「これがきみの生まれた土地」と長男は言った。「きみの耳で聞くんだよ」クリスマスの朝には、プレゼントの包装紙を手でくしゃくしゃさせて、役には立たないおもちゃの形や色を細々と子どもに説明した。両親はこの様子に少し戸惑いながらも、まずは自分たちがしっかりしていなければならないという思いで、長男の好きなようにさせておいた。いとこたちは長男のやさしさにつられて大きな声でおもちゃの解説をし、おまけに居間や家族についてまで描写をし始め、しまいには興奮しきってしまい、長男も一緒になって笑った。

家じゅうが寝静まると長男はベッドから起き出す。まだ青年でもなく、かといってもうチビちゃんでもない。肩にかけた毛布で身体をピタッと覆い、中庭に出て壁に近づき、おでこを私たち石にくっつける。両手を頭と同じ位置まで上げるのは、愛撫、それとも受刑者の仕草だろうか？ 彼は凍りつくような暗闇の中、顔を私たち石にグッと近づけて、何も言わず、じっとして動かない。私たち石は彼の息を吸い込む。

春の最初の日差しを浴びて山がブルッと身体を震わせ、水滴を払っているように見える晴れの日には、長男は家の裏手に向かう。滝が次々と出現していく川とは逆に、地面は隆起する。頭のゆらゆらしている大きな子どもを抱きかかえて注意しながら進んでいく彼の腰のあたりでは、水のペットボトルと一冊の本とカメラを入れたバッグが跳ね返っている。地面が平らになっている場所を目指し、石が小さな浜辺のように見えるところまで行くと、長男は子どものうなじの下に手を入れて頭を支え、ゆっくりと横たわらせる。腰を安定させて、巨大なモミの木の陰になるように顎を少し動かすと、子どもは満足そうにため息を漏らす。長男は尖った葉をこすってレモン草の香りを引き出し、子どもの鼻先に持っていく。このモミの木たちはもともとこの土地にあったものではなく、ずっと昔に祖母が植えたものだが、しっかり根づいて成長したところを見ると、モミの木たちもこの山が気に入ったのだろう。その堂々たる貫禄は場所ふさぎになっていったとはいえ、人々は、電線の上に落ちた枝や、木々の高さで日差しが遮られる地面など、もはや問題にしなくなった。長男はいつもこのモミの木たちを変わったものでも見るように見上げていたが、この木の下に弟を寝かせるのは偶然ではないのかもしれない。

長男はこの場所が好きだ。子どもの隣に腰を下ろし、膝を折って両腕で抱える。そして本を読んで聞かせて、読み終えると口を閉じる。子どもに描写することもしない。世界は二人だけのものだ。トルコ石のような色をしたトンボの群れが耳の近くを通るとざあざあいう音がする。ハンノキは水の中に枝先を落とし、ネバネバした泥で川底の流れを悪くしている。木々が川の両側に壁を作り出し、長男に想像力があったなら、平らな石の床とモミの木の天井もあって、まるで居間にいるように感じるだろう。彼は何枚か写真を撮る。ここでは川は穏やかで、水がとても澄んでいるので川底に敷き詰められたような黄金色がかった小石まで見える。さざ波が立ち、白い泡となって転げ落ち、川幅が広がって流れが緩やかになり、再び狭くなって滝になっていく。長男は川が逃げ出すように流れて、そしてほとばしる様子に耳を傾ける。その周りで、大きな壁のようなオークルと緑色の木々、風に揺れる枝と紙吹雪のような花々が二人を見守っている。

妹もたびたびやって来る。長男と妹のあいだにある二歳の違いは、ときとして二十歳の差にも見える。長男は、妹がお腹を引っ込め、両手の指を広げながら冷たい水の中をそろりそろりと進む様子を見守る。妹は時折、水の中でくるぶしのあたりまでしゃがみ込み、川面を滑るアメンボに狙いをつけ、一つ捕まえるとキャッキャと声を上げて喜ぶ。足を取られながら泥の中を歩き、飛び跳ね、小石で堰（せき）を作ってみたり、小さなお城を築いてみたりする。物語を作るのが好きな彼女は長男にはない想像力の持ち主で、棒切れが剣となり、どんぐりの殻がヘルメットになる。声を潜め、夢中になって話す。太陽の光が褐色の長すぎる髪にまとわりつくと、苛立ったように手でかき上げる。長男は妹が楽しそうにしているのを見るのが大好きで、妹にはもう浮き輪は必要ないこと、日焼け止めクリームを塗っているおかげで肩が赤くならないことにも気づいている。突然、昨年の夏、大きなモミの木に隠れていたモンスズメバチの巣のことを思い出して立ち上がり、確かめてすぐにまた座る。長男は自分の愛するもの、妹と弟、そしてベッドやおもちゃの形をした私たち石に囲まれて、気を張り詰めながらも満足して、そこにいる。

子どもは長男の声を少しずつ聞き分けるようになった。笑ったりバブバブ言ったり泣いたり、表現は乳飲み子のようだったが身体は大きくなっていった。常に横たわった体勢でいて噛むこともなかったので、口蓋がへこんでいた。実際、顔はより卵型になって、そのせいで目がますます大きく見えた。ゆるゆるとダンスを踊っているように見えるこの黒いビー玉のごとき目の先にあるものを追おうとして、長男は長い時間じっとしていることがあった。普通はこの歳になると途方もない成長を見せるものだが、長男はほかの子どもたちのことは一度も考えなかった。そもそも長男はその子を誰かと比較することはしなかった。弟をかばおうという本能的な気持ちからではなく、むしろ、ほかのことが味気なく思えるほど子どもの存在が個性的すぎて、それで満ち足りた幸せを感じているせいで普通の子どもたちには関心が向かなかったのだ。

頭をクッションの上に固定してソファに横たえる。それだけで子どもを幸せにさせられた。子どもは耳を澄ませていた。こうして一緒にいるうちに、長男は時にも空洞があるのだと知った。静止して満たされる時間。特別な感覚（遠くでものがこすれるかすかな音、ひんやりとしていく大気、風によってめくれた小さな葉が金箔のようにキラキラと輝くポプラの木のささやき、不安の詰まった、あるいは喜びに満ちた瞬間の豊かさ）に到達するために、静止した時間は子どもの内側で、まるで子ども自身のように流れた。それは微細なことを感じ取る言葉、沈黙の科学、ほかのどこでも教えることのない何かだった。規格外の子ども、規格外の知識、と長男は考えた。子ども自身はいつまでも何一つ学ぶことはないだろう、それでも実際のところは、ほかの者たちに何かを教えているのはこの子のほうだった。

子どもが鳥の鳴き声を聴いていられるようにと、家族は一羽の鳥を飼った。ラジオをつけ、大きな声を出して話すのが決まりのようになった。山の音を聞かせて子どもに孤独を感じさせないために、窓を開けておく習慣がついた。滝の流れ落ちる音、羊たちの鈴の音、ヤギのメエメエいう鳴き声、犬たちの吠える声、鳥たちのさえずり、雷鳴やセミの鳴き声が家の中で響いた。長男は中学校の授業が終わると校門でぐずぐずすることなく通学バスに向かって走った。頭の中は学校とは関係のないことでいっぱいだった。お風呂に入れるときの滑らかな石鹸は、生理食塩水は、ピュレにするためのニンジンは残っていただろうか？　スミレ色のコットンのパジャマは乾いていただろうか？　長男は友達の家に遊びにも行かず、女の子を眺めることもせず、どんな音楽であれ聴こうとしなかった。勉強だけはたくさんした。

子どもは四歳になった。身体は発育し続けて重くなり、抱きかかえるのがさらに大変になった。下着とも思えるようなパジャマを着せていたが、じっと動かずにいるために寒さに弱い体質になっていたので、できるだけ地厚なものを選んだ。たびたび身体を動かす必要があったが、そうしないと床ずれで皮膚の表面に赤い斑点ができてしまうのだった。常に横になっている姿勢は腰の脱臼を引き起こし、そのせいで痛みを覚えるわけではなかったが、両足はいつも弓なりに曲がっていた。その足はか細く、顔と同じくらい半透明で青白かった。長男はしばしばアーモンドオイルを腿に塗ってマッサージをした。触れる、ということに挑戦し始めたのだ。いつも握りしめている小さな手をそっと開いて、質感のあるものを置いてみた。中学校からフェルトを持ち帰り、山からはコナラの小さな枝を拾ってきた。いつも自分のしていることを口に出して説明しながら、ミントの束でこぶしの内側をなでてあげたり、指の上でくるみを転がしたりした。雨の降っている日には窓を開けて、にわか雨を肌で感じられるように腕を外に出してやった。弟の口の中にそっと息を吹きかけることもあった。奇跡はたびたび起きた。子どもの口が、か細いけれど嬉しそうな声を出しながら、大きな笑みを描いた。恍惚とした、少し間の抜けた声で、一瞬の沈黙を置くのだけれど、次はほんの少しさらに鋭く、開いた声となって出てきて、まるで音楽のようだと長男は思った。両親は夜になると、もし子どもが話せたとしたらどんな声だっただろう、闊達な気性だっただろうか、むっつりしていただろうか、家に閉じこもりがちだったろうか、それとも騒々しい子になっていただろうか、もし目が見えていたらどんなまなざしをしていただろうかと話していたが、長男はそうしたことを一切考えなかった。長男は子どものあるがままのすべてを受け入れていた。

復活祭の休暇の四月のある午後のこと、両親が買い物に出る時間を利用して、長男は子どもを公園に連れて行った。村の出口にある緑の多い広場で、そこには回転遊具やブランコが点々と置かれていた。両親は心配そうな顔を縦に振って了承し、早く帰るように約束させて食料品店へと向かった。長男は車に取りつけてある椅子からやっとのことで子どもを引きずり出した。これはかなり難儀なことだった。前腕にお尻を固定させて、うなじを支える。首に子どもの息がかかる。身体はずっしりと重くなっていた。遠くから見たら、気を失った子どもを抱きかかえているように見えただろう。

道路を横切り、門をくぐり、子どもを芝生の上にそろそろと横たわらせた。長男は子どもの横に仰向けに寝そべり、周りに見えている景色について声を潜めて説明し始めた。砂場から届く叫び声、回転遊具の軋む音、遠くのマルシェから聞こえてくるエコーのふんわりした音に二人は包まれていた。長男は時折、子どものこぶしにキスをして話に強弱をつけ、周囲に目をやりながらハエが近くに来ないように見張っていた。その子の口（口蓋がくぼんでいるため、唇をうっすらと開いて呼吸していた）に虫が入るのを恐れていたのだ。

すると突然、子どもの顔が影に覆われたかと思うと、声が聞こえた。

「ねえ坊や、邪魔してごめんなさい。見てられないわ。というか、どうして猿のお守りなんかしてるの？　お小遣い稼ぎのためなの？」

善意に駆り立てられた一人の母親が口出しをしてきたのだったが、善意というのは総じて殺意ある者たちの装備だ。長男は両ひじをついて見上げた。その女性は村の人ではなく、意地悪そうな様子もなかった。

「でも、ぼくの弟なんです」と彼は言った。

彼女は気まずい顔になって咳払いをすると、背を向けて自分の子どもたちの名前を呼び始めた。長男は、その瞬間は悲しみも怒りも覚えず、悪意や敵意があってのこととは受け取らなかった。この女性はちょっとズレていた、ただそれだけ。それに、子どもには彼なりに快適な時を過ごす権利があった。

これがもう少しあとに起こっていたら、長男はベビーカーに注がれる視線に困惑を、自分が恥ずかしいと思うことは弟への裏切りになるのではないかという戸惑いを覚えていただろう。普通であることを勝ち誇っている他者とのあいだに、目に見えない巨大な境界線が敷かれていただろう。他者は、普通の元気な子どもたちは家族の鳴り物入りの誇りで、山車（だし）の行列のようなどんちゃんさわぎをしながら生きることを謳歌し、動けない身体やくぼんだ口蓋が存在することさえ知らず、特別な椅子から大変な思いで抜け出す必要もなく、軽々と車から飛び出していく。テストで悪い点を取ったというそんなささいなことで世界がぐらついてしまう同級生たちの哀れな悲しみ。耐えがたいやさしさのほほえみ、あるいは、不快と感じるほうがマシと思わせる同情のほほえみ。こうした数えきれないささいな状況が積み重なって、長男を孤独に追い込んでいただろう。だからこそ、長男の目に、山は、動物と同様にモラルを持たない巨大な塊として映っていた。避難所や心の支えを意味する言葉、refuge（ルフュージュ）の語源のfugere（フゲレ）、それは逃げる、だ。山は、世間から一歩引いたところに距離を置くことを許してくれていた。同時に、世の中の過半数を占め、うようよいる**他者**に歩み寄っていかなければならないこともわかっていた。切り離してはならなかった。長男は彼らのことを、普通であることへの渇きを癒やす水飲み場のようにみなしていたのかもしれない。友達の誕生日祝いのおやつの時間、アーチェリーの試合、両親の友人たちとのディナー、スーパーマーケットに買い物に行くことなどが彼の孤立を埋め、ほかの人たちの存在によって支えられていることを思い出させ、自分がどこに帰属しているのか示し、自分の心臓を動かしてくれていることも理解していた。スーパーマーケットでレジ待ちをしているとき、食堂の列につくとき、風船で飾られた家のドアをくぐるとき、長男はほかの人たちと変わらないふりをすることができた。スーパーマーケットのショッピングカートはオムツとやさしい香りのアーモンドオイル、乳幼児用の小さな瓶でいっぱいだったから、家に赤ん坊がいるふりができた。友達の家で、「きょうだいは何人いるの？」と聞かれたときには、「二人」と答えた。そして、「二人は何年生？」という質問には答えなくていいように頭をひねった。策を弄することを身につけてはいたが、裏工作をしなくてはならないことを恥じていた。できれば、「きょうだいは二人いて、そのうちの一人は障がい者なんだ」と答えて、当たり前のことのようにあっさりと次の話題に移っていけたらなんて良いのだろうと思った。そうなる代わりに、彼は罪の意識を覚えていた。この恐ろしい他人たちは、そこにはなくてもいい過ちをわざわざ創りだす力があった。それは、夏のあいだ、やかましい音楽を流しながらクリの揚げ菓子を売って谷を縦横に走るけばけばしい色の小型のトラックに似ていた。いとこたちはこの小型トラックがやって来るのを待ち構え、親たちは手に財布を持って家から出てきた。代金を支払うやいなや揚げ菓子は大きく開けた口に放り込まれて、子どもたちはもっと買ってとせがんだ。その夏、初めてこの小型トラックの音楽が聞こえてきたとき、長男は道路の下のほうにある果樹園の水のほとりでリンゴを拾って布巾に入れているところだった。虫が湧いていたり、鳥たちに齧られていたりで食べられたものではなかったが、それは問題ではなかった。長男は弟を赤ん坊用の椅子とともにこの果樹園に連れてきて、リンゴを手のひらに置いて、そのデコボコした触感を伝えようとしていた。橋のすぐ先、金網で囲われた、木々の生い茂るこのひんやりとした場所が好きだった。道路の下のほうにいるので走りゆく車からは彼の姿は見えなかったが、エンジンの近づく音に気づいた長男は顔を上げた。頭上を小型トラックが通り過ぎたかと思うと、たちまちそのうしろにいとこの軍団が現れた。どうしようか？　その場にとどまって揚げ菓子はがまんするか。それは考えられない。ぐにゃぐにゃした子どもの身体を抱えてこっそり買いに行くか？　そんなことできるはずがない。そこで彼は考えるのをやめて布巾の中にあったリンゴを転がして布巾をパッと広げて子どもにかぶせ、果樹園の傾斜を駆け登って道路に出て橋を渡り、振り返ることもなく小型トラックに向かって走っていった。

　興奮しているいとこたちに混じり、妹が揚げ菓子を袋から出すのを手伝ってやった。彼もみんなと同じように笑顔だった。果樹園のほうへはあえて顔を向けようとはしなかった。揚げ菓子は段ボールの味がした。

　小型トラックが出発し、狭い道に入り込むと、彼はこっそりとみんなから離れて駆け出した。果樹園に降りていく傾斜で小石に足を取られて滑り落ちそうになった。草や枝がダンスでもするように揺れる木陰、赤ん坊用の椅子の骨組み、そして白い布巾が視界に入った。褐色の髪の毛が飛び出して、両脇から握りしめたこぶしが出ていた。リンゴは地面に散らばっていた。子どもは泣いてはいなかったが、突然自分の顔に掛けられた柔らかいこの素材が気になっているようだった。頭は横を向いていたので呼吸はできた。長男は喉を詰まらせ、膝をついて布巾をはずした。横に倒れていた頭をそっと元に戻し、頬を弟の頬に押し当て、何度も「ごめんね」とささやいた。子どもは声を発することはなかったが、顔に落ちてくる生暖かくてしょっぱい味のする水滴が煩わしくて、目をしばたたかせた。

しかしいまのところ、公園で見知らぬ家族の母親が話しかけてきたときには、長男は他者の及ぼす害悪、彼らの愚行や横暴さについてはまだ知らなかった。揚げ菓子売りの小型トラックはいつ何時やってきてもよかった。彼にとってはどちらでもよいこと。彼の進むべき道、それは山と同じように子どもを守ることだった。不安にとりつかれていた彼は、子どもの手に触れて体温を確かめ、妹の襟巻きを締め直し、密な隊列となって路上を進んでくるライオルという種類の神経質な小さな雌羊には近づくことを禁じた。ある日、妹が傷を負ったオオヤマネを連れて帰宅したときは、すぐさま川に捨てるよう命令した。もっとあとになってからは、おとなになっても子どもは作るんじゃないと妹に対して保護者ぶった態度をとったこともあった。世の中のちょっとした騒音に過度に身震いしすぎて、最悪を恐れてばかりいては、誰のことも幸せにはできない。支払うべき代償なのだと彼は考えた。岩石を飾るオークル色の擦痕と同じくらい深く刻み込まれた彼の使命なのだと。ある日、おとなたちが風車の近くにあった巨大なヒマラヤスギを切り倒したときのこと。親たちはその光景を見せようとそれぞれ子どもたちを呼びに行った。長男と妹の姿はとうとう見つからなかった。長男は妹が枝でケガするのを恐れて、山の高いところに連れて行って野生のアスパラガスを摘んでいた。二人は先の尖った螺旋状の穂先を見つけようと、午前中いっぱい地面にかがみ込んで過ごした。彼はそのことでお仕置きされたが顔色ひとつ変えなかった。なぜなら、当たり前のことをしただけだと思っていたからだ。ヒマラヤスギを切り倒すのは危険、だから妹を遠ざけた。それは決まりきったことだった。人生はいとも簡単に幸せを覆してしまうものなのだから。一人の子どもが応答しない身体で両親を苦しめ、人生をひっくり返してしまえるものだから。

ある日、一人の教師から、大きくなったらどんな仕事に就きたいかと尋ねられると、彼は「長男」と答えた。

妹はのんきに見えた。まだ幼い彼女はハツラツとしていてかわいかった。時々、子どもを扮装させて、生きている人形に仕立てようとして遊んでいたが、長男はそれがいやで、眉をしかめて子どもの化粧を落とし、レースの帽子とブレスレットもはずした。かといって妹を憎んだわけではなく、妹のすることには生き生きとした励ましのようなものがあったし、この騒々しい感じは老人のようにただ横たわっている子どもに変化を与えて心地よくもあった。長男は、自分にはもはやなくなってしまった喜びを妹からもらっていた。妹はこの状況を理解していないようで、ひっきりなしに質問をしてきて気まぐれに振る舞い、架空の物語の中で飛び回っていた。妹は子どもであり続けた。長男はその罪のない無邪気さを、集落の隣人の女の子が中庭に遊びにやってきたあの瞬間までうらやましく思っていた。その女の子は、少し離れたところにいた長男を顎で指して、ほかにきょうだいはいるのと訊いた。妹は、いない、と答えたのだ。

子どもを日中預かってもらっている託児所が、ある日、もはや子どもの面倒を見るだけの能力がなくなってしまったと両親に告げてきた。街の入り口にあって、基本的には環境に恵まれない子どもたちの世話をするのが目的の施設だった。軽い障がいのある子どもたちも請け負うことになっているとはいっても、待機しているあいだの一時的なもので、しかもその子のレベルの障がいではなかった。従業員には必要な設備もなく、特別な訓練を受けているわけでもなかった。さらに、しばらく前から子どもはしばしば痙攣を起こすようになり、目を激しく瞬かせ、こぶしをガタガタいわせるように動かした。医師はてんかんのちょっとした発作で本人にとっては辛くもなんともなく、抗てんかん剤のリボトリールを服用させれば治ると告げていたが、子どもの様子はあまりに劇的で見る者を震え上がらせた。子どもは何度となくものを喉に詰まらせ、託児所で働く女性たちはそのたびに子どもが咳き込む姿を前に慌てふためき、無力さを感じた。インフルエンザが流行ったら、いとも簡単にこれほどひ弱な身体は打ち負かされてしまうだろう。その子に居場所を見つけなければならなかった。両親は、団体にしろ病院にしろ特別な施設にしろ、自分たちの子どもを受け入れてくれる施設があるのだろうかと自問しつつ探したが、皆無に等しかった。私たち石から見た彼らの国は、確固たるもの、しっかり機能するものを望んでも、多様なものは好んでいなかった。国は彼らのために何も準備していなかった。学校は彼らに扉を閉ざし、交通手段は整備されておらず、階段や歩道も罠だらけだった。国は、ある者たちにとっては、歩行に次ぐ歩行、盛り上がった淵や穴が、断崖や城壁、深い穴に匹敵することを知らないのだった。よって障がい者に適した場所が必要だ――。私たち石は中庭に面して開いている窓から漏れ聞こえてくる途切れ途切れの情報や疑問に満ちた声を聞きながら想像していた。時の流れの中で、私たち石はこうした孤独の瞬間というのを何度も見てきたが、この両親も孤立無援に陥っていたのだ。耐久力競争のような役所の手続きのために街に出ることが習慣になり、サンドイッチを二つと水のペットボトルを一本持って朝早くに家を出て小さな駐車場に向かい、車の中に潜り込む二人の姿を私たちは見てきた。この外出は丸一日を要した。市役所では、社会福祉課、家族支援専用とされている決定機関、各大臣たちが、両親に困難を次々と押しつけ、追い込み、疲労困憊させていた。手続きの過程は冷ややかで、非人間的で、MDPH、ITEP、IME、IEM、CDAPHといったアルファベットの略語ばかりがちりばめられていた。窓口の担当者は不条理なまでにこせこせしているか、あるいは、ありえないほど投げやりか、そのどちらかだった。両親は夜、帰宅すると声を潜めてその日に起こったことを話していた。一日中ばかげた規則に従わなければならなかった。彼らは指定医の待つグレーの部屋に入っていったが、その指定医が、障がい者手当が支給されるのか、最後の手段はあるのか、どこに分類されるのか、居場所をあてがわれる資格があるのかどうか、こうしたことを認定するのだ。両親は、その子が生まれてから費用がかさみ、生活が変わったことを証明しなくてはならなかった。ほかの子たちとは違っていたこと、家庭の懐具合よりずっと高額な医療費のかかるカテゴリー用のファイルボックスに仕分けされていたこと、その医療証明、神経心理学的検査の総合評価も見せなくてはならなかった。そして、それ以前の人生さえほとんど何もないというのに、「人生設計」を描くようにとも言われた。両親は、援助がなかなか始まらない、あるいは引っ越しすると必要書類が県から県へと転送されないので、いつも一から始めざるを得ないために、お金に困窮して打ちひしがれているほかの人たちの様子も見ていた。子どもが障がい者であり続けているかどうかを三年ごとに証明しなければならないことも知った（「息子の足が三年のあいだに伸びたとでもお考えですか？」と診察室の前に立って一人の母親が叫んでいた）。ある夫婦は、子どもが援助を受ける基準に達するにはその不適応度が足りず、普通の社会に組み入れられるのを望むには不適応すぎると言われたようで、怒り狂っている声が聞こえた。母親もその子の面倒をみてくれる人が誰もいないので仕事を辞めていたが、社会から疎外されたところに留まって、世話もされず、将来の計画も立てられず、友達もいない人たちの、大きな「ノーマンズランド」を目の当たりにした思いだった。精神的な病気というのは、目に見えないハンデキャップということで、さらに難しくなるのだと知った。「あなたたちの重い腰を動かすには、うちの娘が肉体的に変わり果てた姿にならなきゃいけないんですか？」一人の父親が声を絞り出すようにして、社会医療センターの受付で、しかも午前中しか開いていない受付で抗議していた。長男は両親が早起きをして出かけて行き、書類に必要事項を書き込み、列に並び、証明書をもらうために次から次へと駆け回り、電話口で待たされ、日時や誤った情報に対して心の中では抗議をしながらも口では懇願し、挙げ句の果てに微塵の成果もなく帰宅する、そんな姿を何度となく目にしてきたことで、役所に対して抑えきれない恨みを抱くようになってしまった。これは彼の頭に決定的にこびりついてしまった唯一の否定的な感情だったが、おとなになってからも、いかなる窓口であれ近づくことができず、どんな種類のものであれ署名もできず、用紙に書き込むこともできないほどだった。カード類、定期購入の更新もせず、役所の人間に一瞬でも近寄るくらいなら罰金や延滞金を支払うことを選んだ。人生を通して一度としてビザの発行を依頼したことはなく、公証人の事務所にも裁判所にも頑として足を踏み入れず、車もアパルトマンも購入しなかった。この拒絶反応の理由は誰にもわかってもらえなかったが、唯一の理解者である妹が彼に代わって源泉徴収や電話の契約解除、共済組合の支払いなどをしていた。ただし、唯一の例外として、身元証明書の更新だけは本人確認が必要で、長男自身が出向く必要があった。妹が予約を取り、書類を揃えたが、プラスチックの椅子に腰かけ、こわばった身体にじっとり汗を滲ませて、その場から逃げることとしか考えていない兄にはあえて声をかけることもなく、ただつき添っていた。

悲しみの果てに、両親はほかの解決策に頼ることにした。さらに遠くへ、さらに絞り込み、さらに費用のかかる施設を探した。規格外の子どもたちを重荷として扱わない国の施設へ入れようかとまで考えた。しかし、子どもが遠く離れた国にいると考えただけで絶望的になり、あきらめた。夜が更けると、母親は中庭に出て涙を拭い、タバコに火を点けた。

父親は妻のカップにハーブティーを注ぎ足そうとしていたが、ふと手を止めて、赤ワインのボトルを取りにいった。

両親はある施設に関する噂を聞いた。彼らの家からはかなり遠く離れたところにあって、牧草地にポツンと立つL字型の建物には彼らの息子のような子どもたちがいっぱいいて、修道女たちが面倒をみているということだった。修道女たちはどこに住んでいるのだろう、夜は自宅に帰るのだろうか、その地方の出身なのだろうか？　子どもは寒がりで、でも、ウールはチクチクして肌がかゆくなってしまうこと、ニンジンのピュレと草をなでることが好きなこと、ドアがバタンと閉まると身体をビクッとさせることも知っていてくれるだろうか？　子どもに痙攣が起きたとき、喉にものが詰まってしまったときに目をそらさずしっかり世話をしてくれるだろうか、しばらく前から頻繁になってきたまぶたの炎症、霰（さん）粒腫（りゅうしゅ）にも対応してくれるのだろうか？　長男はこうした疑問に対して答えを得ることはなかった。平坦で、石のない景色、穏やかな気候が嫌いだった。そのホームと庭をぐるりと取り囲んでいる石壁もばからしいものに感じられた。まるで子どもが大股で走って逃げ出すことができるとでも思っているのだろうかと。青い門をくぐり、車が砂利の上を走り始めると、タイヤと擦れてギシギシと強い音を立てた。瓦屋根の建物は低く、ファサードは真っ白で、一瞬、石灰の混じった特徴的なトーンの、自分の暮らす土地の砂色の石壁を思い出して胸が締めつけられた。ふと彼の頭に、踵を返し、車に備えつけられた椅子から子どもを引きずり出し、うなじを手で支えて草原を走る自分の姿が思い浮かんだ。つかの間そんな光景に没頭していたせいで、白ずきんをかぶった女性たちの挨拶に答えられなかった。

長男は車から降りなかった。施設の中を見学するのも、さよならを言うのも拒否した。子どもが教えてくれたように、耳に届く音に集中していた。車のトランクを開ける音、荷物を引っぱり出す音（子どものお気に入りのスミレ色のパジャマは入っているだろうか？川の小石、枝、子どもに山を思い出させるものは入っていただろうか？）、砂利道を歩く足音、扉の閉まる音、沈黙、彼の知らない鳥たちのさえずり、そして再び足音、扉の閉まる音、エンジンの咳き込むような音。彼は草原をにらみつけたままでいて、そして、我に返った。

父親は修道女たちについて冗談を言い、電話をかけてきたいとこたちは、「教皇主義者」たちとつき合う不運を面白がっていた。しかし、子どもが世話をしてもらえると知ってみんなホッと胸をなでおろした。長男を除いて、誰もが安堵していた。

長男の心の底に悲しみが居座った。子どもの身体の跡が残っているソファのクッションは見ないようにした。川のほとりにも行かないようにした。買い物リストはもう作る必要がなくなり、朝の習慣も変えた。オムツを替えることもニンジンのピュレを作ることもなくなってしまったので、授業が終わったあとは学校でぐずぐずするようになった。

髪を短くしてメガネをかけ、記憶を抱えすぎた人たちがそうするように、人を気後れさせるほどの真剣さで新しい高校の勉強に全力を注いだ。一瞥するだけで弟とそのほかの世界に遮断物を作った例の他者が長男の周りにいた。他者とともに生きていかなければならないとわかっていた彼は、孤立しないように自分の人生に十分にほかの者たちを取り込んだが、心を開いて愛着を持つほどにはいたらなかった。集団に混じり、セルフサービスの学食では誰かしら一緒に食事をする相手を見つけ、夜、パーティに出かけることもあった。孤独が好きなのに、一人になるのを避けた。すべてが計算どおりで、うわべだけのことだった。寝起きは、目を開けた瞬間にまずは川の音が聞こえてきて、そしてその直後には隣の部屋にある小さなベッドにシーツが敷かれていないという事実を思い出し、いつも涙で目を腫らした。そうすると心は冷たくなり、身体がこわばるのを感じ、みっしり詰まった重い塊となったかと思うと音もなく爆発し、何千もの鋭利な破片となって、それから始まる一日に深い切り傷をつけていった。そして自分の胸に手を当て、出血していないことにいつも驚くのだった。呼吸がうまくできず、何も履かずにタイルに足を置き、前かがみになってじっとしたあと、勇気をかき集めて立ち上がり、子どもの部屋の前を通り、誰もいないガランとしたバスルームと向き合った。バスタブの縁には使われなくなったアーモンドオイルの瓶が置いてあった。

どこに行こうとどこにいようと、長男は肉体的に触れ合えない寂しさに耐えなくてはならなかった。それが一番辛かった。青白くて柔らかな肌に触れること、頬と頬をすり寄せること、子どもの匂い、髪の質感、そして、どこを見るともなくさまよう黒い目。子どもの脇の下に手を入れて身体を持ち上げる動作、その身体が自分の胸に触れたときの感触、首に感じた子どもの息づかい。オレンジの花の香り。すべてが止まったような穏やかな状態、そしてこの心地よさ、生きる支えとなっていたなんともいえない大きな幸福感も取り上げられてしまった。子どもがしっかり面倒をみてもらえているかどうか、絶え間ない心配とも向き合わなければならなかった。子どもが寒がっているのではないかと思うと恐ろしくなって、いてもたってもいられなくなった。宿題をしているとき、バスに腰かけているとき、実り始めたイチジクの実を摘んでいるとき、こうした瞬間に子どもは寒さを感じているかもしれないのだ。同じ時間の流れの中で別々にいることに長男は耐えられなかった。何も知らない人たちの手によってひどい扱いを受けているのではないかというさらなる不安がそこに加わった。そんなときは決まって、大きな布巾で弟の顔を覆った果樹園に行って、地面に落ちているリンゴを眺めた。ただ突っ立って思い出の空洞に浸っていても意味がないとわかっていたけれど、ほかにどうすることもできなかった。狂ってしまいそうになる気持ちを鎮める一つの方法、子どもと一緒にいられる手段だった。

ある日、両親は従姉妹の一人の結婚式に長男と妹を連れて行った。彼は人がたくさんいるところが好きではなかったし、ましてやおめかしや慣例的な挨拶も嫌いだったが、それでもこうした感情を抑えることは心得ていたし、両親が楽しそうにしているのが嬉しかった。髪をブローした母親は、父親が顔を寄せるとほほえんでいた。草の上の丸テーブルの椅子に腰かけていると、背景には山々が見えて、長男はこの瞬間が休息のように思えてきた。長男のような心境にある人たちにとっては、こうしたパーティが一時休止のように感じられるものだ。妹はどこにいったのかと目で探すと、木と木のあいだにつながれたスラックラインで遊んでいるスポーツマン風の若者たちに混じっている姿が遠くに見えた。そのとき、スピーチの声が耳に鳴り響いた。「愛すること、それはお互いを見つめ合うことではなく、同じ方向を見ることなのです」といったようなことを立会人の一人がマイクを手に話していた。結婚式の挨拶には必ずといっていいほど出てくるフレーズ。サン・テグジュペリの書いた一節のようだが、長男には不快で、ばからしいとも思えた。これはチームとしての考え方であってカップルに向けた言葉ではなかった。愛を目標と結びつけるなんて、まったくばかげた世の中だ。愛というのは、それとは正反対に、たとえ盲目であったとしても、相手のまなざしに溺れることなのに、それを理解しないとはなんと残念なことだろう。長男が孤独を感じてさっと周囲を見回すと、ほかの人たちはそのスピーチに耳を傾けていた。弟と一緒にいられるならどんなことでもやってのけられそうだった。子どもがそばにいたら、草の上に寝かせて、自分の視線を彼の目から決して離さなかっただろう。学校で国語の先生が「トリスタンとイゾルデ」の神話について教えてくれたときに受けた衝撃を思い出した。もしこの二人が「一緒に同じほうを向いていた」としたらどうなっていたのだろう！　二人はそれどころか、自分たちの愛に溶け合っていたのだ。文学より数学を好む彼だったが、それでもこの恋人たちのことは好きでたまらなかった。力強い愛が望むのであれば規則をも軽んじる、そのことを彼は心から理解できた。

高校では、鍛えられて鋭くなった聴覚のせいで、どんなささいな音にも敏感に反応するようになった。騒々しく走り回る一団や叫び声、学校の正門の前でグループが別のグループに指図をしたりすることに不快感を覚えたが、そんな様子は人には見せなかった。騒音が耳に入ると、逆に、穏やかな存在、沈黙、規則的な息づかいを探し求めてしまい涙がこみ上げてきたのだ。結局は自分こそが適応できていないのではないかと思った。そして、まさにその瞬間、子どもは自分と会わずにいても呼吸をしているのだ、遠く離れてはいるけれど依然として生きているのだと考えると、ひどく苦しくなるあまり防御策を講じるようになった。きっぱりと読書をやめて理化学系の勉強に集中したのだ。科学は少なくとも彼に痛みをもたらすことはなかった。記憶へとつなぐタラップを渡してきたり、感情を掘り起こそうとしたりせずに、山々のように、気に入ろうが気に入るまいが、悲しみなどおかまいなしにそこに鎮座していた。科学は正義を保持して、正しかろうが誤りであろうが、静寂であれ嵐であれ、科学の法を押しつけてきた。長男は幾何学の問題、言葉なしに書かれた謎、先史時代に手書きされた記号さながらに何ページにも連なる算術に没頭した。それは模範演技をするようなもので、冷静になり、心を落ち着かせることができた。いったん顔を上げると修道女たちに対する嫉妬心の入り混じった怒りがこみ上げてくるのを感じて抑えられそうになかった。だから再び数字に身を投じるのだった。

数年あとであれば、長男は修道女たちも彼と同じように言葉も動作もなしに心を通わすことのできる、言語のコミュニケーションを超えた前代未聞のレベルに到達していたのだとわかっただろう。ずっと昔から、彼女たちもこの非常に特殊な愛を理解していたのだと。

繊細で、神秘的で、はかない愛。感じ取り、与え、見返りを求めることなくいまの瞬間に向けられたほほえみ、明日起こることには無関心な穏やかな石のほほえみのような、動物的な鋭さを持つ本能に支えられた愛を。

　長い休暇が始まるたびに家族は山々を越えて、草原まで子どもを迎えに行ったが、長男は青い門扉が近づくのを眺め、砂利の音を聴いているだけで車からは降りなかった。修道女たちが子どもを腕に抱きかかえて玄関ステップまで出てきた。彼女たちは子どもの頭を安定感のある手つきで支え、車の後部座席に取りつけられた特別な椅子にも落ち着いた様子でくくりつけた。母親は子どもの頭をなでて、修道女たちにありがとうございますと礼を言った。長男の腹が、指が、こめかみが激しく脈打ち、身体が丸ごと爆発してしまいそうだった。新しい匂いが鼻をついたが、彼のよく知っているオレンジの花の香りではなく、もっと甘ったるいものだった。触れたくてたまらなかった子どもの首に吸い寄せられ、頬を彼の頬に寄せていこうとしている自分を感じ、必死の抵抗でもするように、かけていたメガネをもぎ取った。近視だからこうしておけば子どもを見ないですむ。子どもを見る、それはゼロからの再出発に等しかった。子どものいない、やさしい肌に触れることもほほえみを見ることもない日々に逆戻りさせられ、さらに辛くなる次の出発の現実を浮き彫りにすることだった。子どもを見てしまえば、これまで気丈にこなしてきたすべてが一気に崩壊してしまう。つまりそれは、地面に倒れ込み、死ぬことを意味した。

だからメガネはしまった。道中、彼はずっと歯を食いしばっていた。窓ガラスに頭をくっつけ、霧の中を流れ去る景色から目を離すまいと誓った。緑、白、茶の点が次々と目に飛び込んできては消えていった。ふと観念して、反対側の窓の横に取りつけられた椅子に目をやった。ホッとした、何も見えなかった。いまでははみ出すほどになった細いふくらはぎがかろうじて目に入っただけだったが、足に何を履かされてきたのだろう？　ルームシューズ、でも、どこからきたものだろうか？　彼は見るのをやめて、やむを得ず元の姿勢に戻った。妹が自分のことを観察しているのは無視して、背景から浮き出るような色彩に神経を集中させ、熱くなった目頭を拭った。高速道路のサービスエリアで母親は子どものオムツを替え、食べ物を与え、耳元で片言をささやいた。子どもが大事にされているのを見て、長男は安心したが、それでも、心が奪われてその子から抜け出せなくなるのを恐れて、頑なに弟を見ないようにしていた。

一家は中庭に戻ってきた。長女が最初に元気よく車から飛び出した。もう幼い女の子ではなかったが、相変わらず陽気で快活で、いまでは彼女のほうが兄のことを目の端で注意しながら見ていた。監視するのは彼女の番だった。そして次に、長男が車から出てきたが手には何も持っていなかった。二人の後ろで母親が子どもを抱きかかえ、用心深く歩いていた。身体が成長し、お尻と頭のあいだの胴体が大きくなり、背中がよじれないように気をつけなくてはならなかった。家の扉を開けるあいだ、母親は子どもを大きなクッションの上に横たわらせた。そのとき私たち石は、長男がプラスチックの椅子を引き寄せて、弟から離れたところに腰かけ、目を細めているのに気づいた。長男は子どもをよく見ようとしていた。とはいえ正視するのは彼の感情の許容範囲を超えていたのだろう、メガネははずしたままだった。しかし、家に着くまでの道中で、子どもを見ないでいること、それもまた辛すぎて耐えられそうにないとも気づいていた。だからやっぱり、子どもをなんとかして見ようと試みていた。

長男は休暇のあいだじゅうそんなふうにしていた。数学の問題を解かないといけないと言い訳して中庭に陣取り、時々、顔を上げては横になっている子どもの様子を見ようとして目を細め、顔を引きつらせていた。長男はもはや子どもに食べさせもしないし、話しかけようとも触れようともしなかったが、それでも母親がバスルームで子どもの身体を洗っていると、洗面台に手を洗いにきてバスタブに目をやりながらいつまでも手をすすいでいた。ソファのすぐ横で野菜の皮をむき、しばしばその手を止めては、近寄ってはいけない、頬を子どもの頬にすり寄せてはいけないと、胸の内で信念を繰り返しながら身体をこわばらせていた。

　近視のおかげで子どもの姿は霞がかかったようにしか見えなかったので、その代わりに聴覚に頼っていた。耳を澄ませる方法を身につけていた彼は、子どもが呼吸をし、軽い咳をし、唾を飲み込み、ため息をつき、唸るのを聴いていた。真夜中に吐き気を催すような夢から引きずり出されると、ガバッと身体を起こし、シーツをはねのけ、六角形のレンガタイルの上を進んで扉に軽く触れた。ほんのわずかの隙間からでもベッドの渦巻き模様の装飾は十分に見えた。それ以上は足を前に出そうとはせずに、子どもの息づかいに耳をそばだてていた。決して近寄ってはならなかった。そうなったら元には戻れなくなってしまう。張り裂けそうな胸を抱えて、身体を震わせ、扉の後ろに立っていた。ばからしいことだったが仕方なかった。長男は目の前にある試練を受け入れていた。

　真夜中、起き出して中庭の壁に張りついて、私たち石に額をくっつけにくるとき、彼は両手を顔の位置まで上げて私たちに押しつけてくる。困難に立ち向かう覚悟ができた身体は緊張で張り詰めている。

月日が過ぎた。ある夏、若者と呼べるほど成長した長男はリュックサックのファスナーを閉め、同じ地方の中でも家から遠く離れた土地で友人たちと合流し、数日過ごすことになっていた。長男は両親に挨拶し、中庭を横切ったが、そのとき、私たち石は彼が突然、踵を返すのを見た。別に驚くことはないだろう。永遠に続くものなど何もないのだし、私たちだっていつかは粉々になっていくのだから。長男にとって失った時間を取り戻す時機がやってきたのだ。目の前に出発が迫っていたからなのか、それともこの数カ月、子どもから遠く離れて過ごすあいだに集積した感情がパンパンになってあふれ出てしまったのだろうか？　彼は成熟したのか、それとも逆に、なかなかおとなになれず、いつまで経っても自分を抑えられないことに疲弊してしまったのか？　いずれにしても、木の扉をくぐる前に彼の頭の中であることがはっきりしたのだ。交わらずに生きる、そんなことはもはや不可能だった。試してはみた。メガネをはずし、友達を作り、他の人々と様々な行事に参加することで彼の日々は育まれていった。自分の欲望と力の限り闘い、ぼんやりとしたシルエットを見るに留め、眠れない夜も子どものベッドにはなんとかして近づかないようにしていた。そしてその結果がこの数語に集約された。交わらずに生きる、それはもはや不可能だということ。長男はリュックサックを置いて、階段を駆け上がった。

彼の足はひんやりした子どもの部屋へ向かった。扉を押して、白い渦巻き模様のベッドへと進んだ。子どもはいつもと同じように仰向けに寝ていた。見るからに大きくなった身体に十歳用のスミレ色のパジャマを着て、もこもこした羊の毛のルームシューズを履いていた。握りこぶしの手、うっすら開いた口、どう見ても子どもそのものだった。確かな軌道を辿ることはなくても黒い目は宙をさまよい、開いた窓から入り込んでくる急流の音、セミの鳴き声に耳を傾けていた。長男は手すりでもつかむように渦巻き模様に手を置き、頭を窓のほうに向けて、丸みを帯びて絹のように滑らかな頬をさらしている子どもの顔にかがみ込んだ。長男はあまりの安堵に涙を浮かべながら、巣に戻ってきた鳥のように自分の頬を寄せた。何カ月も前から胸の奥にしまい込んであった言葉という言葉が飛び出してきた。以前と同じように、すらすらと、頬に頬を擦り寄せて、使い慣れたイントネーションで話すことができた。なんとかして子どもの姿が目に入らないようにメガネをかけずにいるという惨めな策略に打って出たこと、子どものいない寂しい日々についても打ち明けた。彼の心は熟した果実のように開いていった。それでも子どもはほほえむこともなければ、目を瞬かせることもなかった。視線はほかのところをさまよい、何ごともなかったように静かに息をしていた。長男の声はもはや認識されなかったのだ。話しかけてこなかった長い時間を思い知らされた長男は、青ざめた顔で立ち上がり、リュックサックをつかんで友達と合流するために出かけていった。

四日が過ぎた。五日目の夜明け前、長男はクリ林の端っこでヒッチハイクをして車に乗り込んだ。午後には、木の扉を肩でひと突きして断固とした足取りで中庭を横切り、居間でぽかんとした顔で見ている両親の前を通り過ぎ、まっしぐらに階段に向かった。四日前から時間が止まっていたように、ベッド、開かれた窓から照りつける日差しに揺れるカーテン、急流のうなりがそのままあった。長男は乱暴に扉を開き、息を切らしながらベッドに身をかがめた。また思い出してもらえないかもしれないという恐怖を隠しきれず、口ごもり、話し方はギクシャクした。数年前、果樹園で弟の顔を濡らし、指にキスをしながら泣いていたように、長男は涙を流していた。自分が悪かった、許してほしいと懇願した。するとチどもの長くて黒いまつげが瞬き、唇が両側から引っ張られるように伸びた。単調だけれど幸せそうなか細い声を発し、それは最後だけ軽やかに、空気のように舞い上がった。長男は、夏が終わるまでずっとそばにいるよと告げた。

それからは失われた時を取り戻そうと必死になった。ある日、生ぬるいお湯の入ったタライとハサミ、櫛を持って中庭に出て、クッションの横にひざまずき、弟の額をタオルでぽんぽんと叩きながらゆっくりと髪を濡らしていった。片側の髪を切り終わると、両手で頬を包み込むようにして反対を向かせ、もう一方の側の髪を切った。やさしくなでるように顔についた髪の毛を拭ってやった。彼の仕草は以前と同じ完全な形で戻ってきた。とはいえもっと時間が必要だったが、夏は二カ月しかない。草原の家の前に車が到着したとき、長男は車から降りもせず、子どもにさよならさえ言えなかった。

それでも、新学期になるといつも感じていた苦痛は、それまでの年に比べたらずっと軽くなっていた。弟が守られていることがわかっていたし、自分自身も未来に向かって前進していると自覚できた。この二つの事実が初めて衝突し合うことなく交わった。怒りの感情なしに修道女のことを考えられたし、彼女たちは弟の面倒をよくみてくれていたので安心していられた。白い渦巻き模様のついたベッドで子どもが口ずさむ幸せな歌を毎日思い出しては、そこからエネルギーを汲み取っていた。彼は数学に取り組む手を休めて、音楽を聴き、映画館に行き、会話にも混じるようになった。もちろん座を賑わすタイプの人間とは程遠く、彼らのような流暢さを持ち合わせていなかった長男は、沈黙が続いて困ったとき、厄介な質問を振られたときに取り出せるように話題のリストを常に持ち歩いていた。くつろいだ雰囲気に気が緩み、たった一つの言葉で動揺させられることがないように。急所を突かれても、気持ちを変えるようなことがあってはならない。それは自分に課した禁止事項で、ミスをすれば回ってくるつけはあまりに大きかった。この恐怖の塊に風穴を開けられる者は誰一人として現れないかもしれないが、それでも時折、長男は警戒を緩めることもあった。ばか笑いをしたり、屈託なく振る舞ったり、一時的ではあったけれど恋をしたこともあった。これが自分に対してできる精一杯のことだった。子どものことを考えると、長男の口元にうっすらと笑みが浮かんだ。遠く離れたところにいても、子どもはすぐ近くにいた。ジグザクに流れる水の中に、白い花々で粉が舞っているように見える空気の中に、さわっと風が立ったときに、子どもの気配を感じていた。そんなとき長男は川の周辺の木々がざわめくのが聞こえる気がするのだった。美しいものは、必ず子どもを思い出させてくれる。この確信は彼の心を鍛え、人格形成の上での骨格となった。次の長い休暇に子どもと再会すると考えても、もう心が激しくぐらつくことはなかった。逆に、再会を思うと喜びに突き上げられ、メガネをかけて、子どもとの時間を思い切り楽しもうと思えるまで強くなっていった。子どもとの安らぎの時間が戻ってくるのが待ち遠しかった。これは新しい、エネルギーに満ちた感情だった。結果として、試練は力に形を変えたのだ。長男は子どもがもたらすものについて考えてみた。適応できない子どもかもしれない、しかしほかの誰がこれほど人を豊かにする力を持っているというのだろう？　彼の存在は、そこにいるというそれだけですでに、ほかのものとは比較のできない経験だった。胸の内を打ち明けたり、心を開いたり、友達を招いたりする習慣はなくなってしまったけれど、その代わりに長男はこの貴重な愛を受け取った。こうした境地にいたったことで、長男は初めて、次に草原の家の前に着いたら車から降りられるかもしれない、修道女たちと少しは言葉を交わすこともできるかもしれないと思えた。

長男がそこまで立ち直っていたとき、子どもが亡くなったと知らされた。子どもはそれまで生きてきたのと同じように穏やかに息を引き取ったと、長男は一度も話す機会のなかった修道女たちが言った。虚弱な身体が、ただ単に生きることに見切りをつけたのだと。この断念の仕方に暴力的なところは一つもなく、呼吸を止めるように安らかだったと。インフルエンザが蔓延し、咳き込んだりてんかんを起こしたりする回数が増えていき、飲み込むのがますます遅くなって、食事にとても時間がかかるようになっていた。子どもは持ち得ていたもので最大限のことをして、なんとか切り抜けてきた。貯蓄していたものからエネルギーを汲み出してやってきたが、底が尽きてしまったかのようだった。ある朝、子どもは目覚めなかった。

修道女たちは目元にあふれる涙を拭った。建物の奥、洗濯場の横にある特別な部屋で、遺体が家族の到着を待っていた。人々のささやきあう声とタイルの上を歩く足音を伴った、普段と変わらない音がしていた。長男は何がなんだかさっぱりわからず、ロボットのように動いていた。子どもが長い時間を過ごした建物の中に入るのはこれが初めてだという、そのことだけを考えていた。廊下にはピュレの冷めた匂いがした。壁の真ん中あたりに置かれたベッドは、取りはずしのできる背の高い格子に囲まれていて、クッションもぬいぐるみもないことに長男は気づいたが、用心からなのだろうと思った。毛布はくすんだ黄色だった。壁には、鴨の赤ちゃんやひよこ、子猫の写真が貼られていた。窓は庭に面していた。ここの子どもたちは誰もクレヨンを握れないのだからお絵描きはできないのだ。窓は開いていたはずだと長男は思った。子どもの耳に外の音が届くように、窓は開いていただろうか？　きっと開いていたはずだと長男は思った。

その特別な部屋に入っていく前に、長男はメガネをはずし、目を閉じた。手探りで硬いへりを叩き、棺に触れたのだとわかった。かがみ込むと、鼻先がひんやりとして柔らかい表面に触れたが、それは頬だった。長男は一瞬、わずかに目を開いた。細くて青い静脈の浮き出た透明なまぶたが閉じられていた。生気のなくなった肌に濃いまつげが影を作っていた。うっすらと開いた口からは、当然のことながら、穏やかな息づかいは漏れてこなかった。膝はわずかに折り畳まれてはいたが、特別な体型のせいで、開いた両膝は棺の内側にくっついていた。両腕は胸の上に置かれ、両手は握りこぶしのままだった。長男は、スミレ色のパジャマは持って帰れるだろうかと考えた。

家ではナイトガウン姿の母親が夫の肩を噛み、そしてその胸に顔を埋めた。父親が妻を腕に抱きしめると二人一緒に床にくずおれた。妹は寝室の窓から中庭の先にある山に目を凝らし、稜線に夜明けの微かな光が見えるまで、固まってしまったようにじっとしていた。長男は何もしなかった。数年前からこの日初めて、真夜中に起き出すことなく、中庭の私たち石のところに身体を寄せに来なかった。

子どもにはもちろん一人も知り合いはいなかったが、葬式には多くの人が集まった。両親の悲しみを思いやって来てくれた人たちで中庭はあふれ、しばらくすると参列者がみんなそろってゆっくりと山を登っていった。この土地では、亡くなった人は山に土葬される習慣があるのだ。家族の小さな墓は、バルコニーを思わせるアラベスク模様の鉄の囲いの中に、大きな白い石碑が二つ地面に置かれてあった。長男はその囲いを見て、子どものベッドのようだと思った。いとこたちが布張りの折りたたみ式スツールを開き、草の上にチェロを固定し、フルートを取り出した。音楽が空に立ち上った。

埋葬の瞬間、長男は気づかなかったが、弟と二人きりにしてあげようと、ほかの人々は少しだけ後ずさった。そろそろとロープが降りていった。棺が山の胎内のような墓穴に沈み込んでいくと、長男は恐怖に囚われ、あまりの怖さのために刺されるような痛みを感じ、

「子どもが寒くありませんように」と心の中でつぶやいた。

子どもを飲み込んでいく土をにらみつけながら、最後のさよならをするためにここに立っているのだと自覚し、誰にも聞こえないように約束をした。「きみの生きた証（あかし）を残すよ」

子どもに診断を下し、八年のあいだ診察をし続けてきた医師も参列していた。彼はお別れの言葉の中で、子どもは生きられないと言われていた年数よりずっと長く生きたことを人々に思い起こさせた。予想外のこのささやかな命は、医学ではすべてを説明しきれないということを如実に証明するものだとも言った。そして最後に、子どもが受けた愛のおかげだろうと両親に向かってささやいた。


以来、長男は人と親しくなることなく成長していった。誰かと親しくなる、これは危険すぎると彼は思っている。どんなに愛している人でも、いとも簡単に消えてしまうのだから。長男は、幸せへの期待を喪失への懸念と結びつけたおとなになった。良いときも悪いときも、「疑わしきは罰せずの原則」を人生にあてはめることはもはやない。心の平安を失ってしまった。決定的な瞬間を、永遠に一時停止にしたまま心に留めている、そうした人たちと同じになってしまった。彼の中で何かが石のように固まってしまった。無感覚になったというよりは、むしろ忍耐強く、不動になったのであり、日々が過ぎゆく中でも頑として変わらない人となってしまったのだ。

その上、いつも不安に駆られているようになった。会議を終えたあと、あるいは映画を観終わって携帯の電源を入れ直したときに、取り乱した人からのメッセージが一通もないのを確認して大きな安堵のため息をつくことがたびたびある。悲痛な別れも大惨事もなかった。大切な誰かを運命のいたずらによって奪われることなく、家族はみんな無事だ。もし誰かが五分でも遅刻をしたり、バスが突然スピードを緩めたり、あるいは隣人が数日前から姿を現さなかったりすると、胸の内で緊張が高まるのを感じるのだった。心配というものが彼の中で根を張り、しぶとくて強靭なイチジクの木のように芽を出した。いつかはおそらく消えていくものだろうが、消えないかもしれない。

長男は真夜中にうなじをじっとりと湿らせ、子どもの残像に覆いつくされた頭を抱えてガバッと起き上がる。弟に不幸が起こる夢を見て、無事かどうか確かめたくなるが、もうこの世にはいないのだと気づく。まるで過ぎ去った日々が存在していなかったかのように、亡くなったことが生々しい記憶として残っていることに驚くのだった。長男にとってはいつまで経っても、弟が亡くなったのはつい昨日のことなのだ。人は彼に向かって、時が癒やしてくれるからと繰り返した。実際のところ、こうした夜にその言葉について考えてみるが、時は何も修復してくれない、むしろ逆だ。夜が来るたび、時は苦痛を昨日よりさらに掘り下げ、さらに強く掻き立てる。それこそがその子が残していったすべて、悲しみだ。長男はそこから逃れることはできない、なぜなら、逃れたら決定的にその子を失ってしまうことになるからだ。

彼は起き上がり、少しだけ食べものを口にして、そして、山よりずっと静まり返っている都会の夜空を窓から眺める。街の暮らしに慣れるには時間がかかった。リードにつながれた犬を長いこと信じ難い思いで見ていた。セミの鳴き声もカエルの声もしない、音のない夏も。知らず知らずのうちに、長男は三月になるとツバメの最初の群れが飛んでこないかと視線を上げていたし、七月にはアマツバメの鳴き声がしないかと耳を澄ませた。馬や羊の糞、クマツヅラ、ミントの匂いを探し、羊の首につけられた鈴の音、川の流れ、虫たちのブンブンいう音、樹皮を剝ぎ取る風の音が聞こえてこないかと探し求めた。こうして時の流れとともに、険しい土地しか知らなかった彼が、平らな地面に、くぼみのない土地に、そして女性のハイヒールに慣れていった。都会には適応しない知識を彼はたくさん身につけていた。標高八百メートル以上にクリの木は育たないこと、セイヨウハシバミは弓を作るのに適したもっともしなやかな木であること、それでも、そんなことを知っているからといって、それがなんの役に立つというのだろう。なんの使い物にもならないが、それでも彼はそうしたことに慣れていた。都会では無意味な知識なら、彼はたくさん持っていた。

夜は窓の前に立ち、急流に浸かったハンノキの柔らかな枝やターコイズブルーのトンボを懐かしく思い出しながら過ごす。いつもしまいには写真を入れた額を手に取った。川辺で撮って引き伸ばした一番お気に入りの写真。その写真をじっと見つめる。子どもの顔の高さでシャッターを切りたくて、石だらけの地面に這いつくばるようにして撮った。子どもの大きな黒い目はいまにも横に逸れてしまいそうだが、写真ではこちらを見ているような印象を受ける。濃い髪の毛はそよ風に吹かれてぺしゃんこで、丸い頬はなでてほしいと言っているようだ。周りではモミの木たちが見守っている。妹は自分で作った小石のダムに上体をかしげ、顔をカメラのほうに向け、挑むようにレンズを見ている。妹の小さなくるぶしに当たってそそり立つ水はキラキラと光を放ちながら流れている。二人の頭上では、空が葉や枝を押し分けてブルーの刺繍を描いている。この写真なら夜が明けるまですみからすみまで眺めていられる。

そして仕事に出かける。

数学的な考え方を徹底的に磨いてきた彼は、必然的に大企業の経理部長となった。数字は裏切らない、数字は信頼できる、いやなサプライズは隠し持っていない。毎朝、地味なスーツを着て、同じような地味なスーツに身を包んだほかの人たちに混じってバスに乗る。他人は好きではないが、人々の存在は受け入れている。会社の中には特に友達と呼べる人はいないが、カフェテリアで一人ぼっちでランチをとらずにすむくらいの、あるいは日曜には時々自宅に招かれるくらいの同僚はいる。人目につかない存在でいるためには何を言って、どう行動すればいいかを彼は心得ていて、人に警戒心を与えもしないが、好感も持たせない。集団に埋もれている三十代の男性、それが自分にはふさわしい。群衆に溶け込む名なしのシルエット、運命に忘れられ、構わずに放っておいてもらいたい、そんなおかしな願望を抱いている。彼がなぜこれほどまでに計算、図式、コストと利益の表、ハイレベルの銀行のオペレーション、バランスシートに強いのか、それは紛れもなく運命の自由裁量の犠牲者だからだと知る人は誰もいない。スーツをパリッと着こなす会社の幹部の背景に、黒い瞳を踊らせる風変わりな弟がいると疑うものは誰一人としていない。

彼には婚約者も子どももいない。こうしたことは妹に任せている。海外に暮らすことになった妹は、長い休暇になると帰って来て、中庭で叫び声をあげながら縦横無尽に走り回る三人の娘を持つことになる。国、夫、子どもたち。私たち石のいるここから遠く離れたところに、「普通」を求め、手に入れたのだ。妹は世間の人々との格差の呪いを取り払って幸せをつかむことに邁進したが、長男はがんじがらめになったままだ。しかし妹にとっては自分の生き様が教訓となったのだと彼は思う。結局のところ、先発となって灯を照らす、それが彼の役割なのだ。やってはいけないことを見せる役。

この中庭の番人である私たち石は、川沿いの離れの家に移って暮らす両親と同じように、首を長くして彼らが帰ってくるのを待ち受けている。重い扉が軋む音、長い道のりを経て無事に着いたときの安堵のため息、中庭に出す椅子やテーブルを私たちは知っている。私たち石は彼らが夕食をとるのを眺め、何世代にもわたって受け継がれている昔々からある光景をじっくりと味わうことになるだろう。妹が家族のもとに戻ってくるときには長男もたいてい遅からずやってくる。兄妹はとても良い関係だ。妹は兄に、署名すべき書類を渡し、締め切りを伝え、返金、更新について知らせる。もっと外出するように、友達を作るようにと言って長男の背中を押すが、彼はほほえみ、自分にはこれがいいんだと答える。私たちもそう信じている。彼はどこに行くにも、ことさらここへ来るときは必ず、弟のお墓に向かってつぶやいた約束を胸に抱えてくる。彼の生きた証を残す。長男は川辺に腰を下ろして何時間でもじっとしていられる。私たち石は、おとなになった長男がモミの木の下で、トンボやアメンボを見つめる姿を眺める。子どもが頭を置いていた石に手でそっと触れている様子からは、胸が締めつけられていることが想像できる。それでも、彼の中で何かが静まったことも手に取るようにわかる。時折、彼は私たち石の作る影の中、長いことクッションが置かれていた場所と向き合ってじっとしたまま動かずにいて、午後が訪れる音に耳を澄ませている。いとこたちがいるときには会話に加わり、幼い頃の話を持ち出して笑う。いとこたちもまた子宝に恵まれた。長男は幼い子どもたちが自分と同じような思い出を作っていくのを見るのが好きだ。子どもたちに向かって、風車に近づいてはいけないと言い、三輪車を修理してやり、川に入るときには浮き輪をつけさせる。不安の中でしか愛せない。永遠に長男なのだ。

夜、最後に中庭の片づけをしてきれいにするのは彼だ。スレートが敷かれた地面とアジサイに水を撒く。そして、これは私たち石には不意打ちのように訪れるのだが、彼が近づいてきておでこと両手をくっつける。生暖かい壁に、目を閉じてよりかかる。ある晩、五歳の姪っ子が不意に現れ、彼に聞いた。「何をしているの？」長男はそのままの姿勢でやさしい笑みを浮かべて答えた。「息をしているんだよ」

第二章　長女

長女はその子どもが生まれたときから恨んでいた。より正確に言えば、母親が子どもの目の前に一個のオレンジをかざして、その子の目が見えないことを確信した瞬間から恨んでいた。中庭に面した自分の部屋からは、背景にポッンと浮き出た鮮やかな果物の色と、母親がひざまずいたのが見えた。やさしく歌うような声がしたかと思ったら、そのあと何も聞こえなくなった。セミの激しい鳴き声、急流の転げ落ちる音、風に揺れてプッと吹き出すような木々のざわめきをよく覚えているが、こうした夏の奏でる音から思い出すのは、オレンジを手に持った母親のうなだれた頭だけになってしまった。

このときこそが分裂の瞬間だったと思った。すべての終わりだった。父親がどんなに楽観的に振る舞おうとしても、学校で点字のカードを読めるのはうちの子どもたちだけだと豪語してもだまされなかった。父親のまなざしを覆う暗いベールは隠しようがなく、ことさら笑顔は、口だけは動いても遠くを見るような生気のない目は笑っていなかった。しかし兄はこの大いなる嘘にまんまと引っかかり、学校には自分が真っ先に点字のタロットカードを持っていくけれど、その代わりにゲームはほかの誰でもない、妹と二人だけですからと約束した。妹は仕方なく同意した。

そしていまや、子どもがこの家を支配していた。

子どもは両親から、兄から、家じゅうのありとあらゆるエネルギーを吸いとっていた。両親は立ち向かい、兄は融合した。彼女には何も、自分を支えるエネルギーも残っていなかった。

子どもが大きくなればなるほど、その子に嫌悪感を覚えたが、そのことは誰にも言わなかった。脆弱な免疫系統を持って生まれてきて、永遠に横たわったままの子どもは悪の根源だった。鼻をかませ、ピペットを使って薬を服用させ、目薬もさしてやり、咳をするときには頭を垂直に立ててやらなければならなかった。食事にはたっぷり一時間かかった。うっすらと開いた口にコップを傾けて、喉につかえてしまわないようにと終始おそるおそるほんの少しずつ水を流し込みながらなので、相当の時間がかかるのだった。あまりに薄い皮膚は布とこすれただけで赤くなり、カルシウムやマグネシウムを含んだ水、太陽の光、研磨剤の入った石鹼にも反応した。子どもにはやさしいもの、生ぬるいもの、新生児や老人用のものが必要だった。とはいえ、子どもはそのどちらでもなく、新生児と高齢者のあいだで身動きできずにいる中途半端な存在、何かの誤りだった。言葉も動作も視線も持たない、厄介な存在。開けっぴろげに誰彼かまわず受け入れる、無防備な存在。この脆さが脅威を生み出していた。常に問題のあるこの身体がいつも優先され、すべての注意をほしいままにしていることが耐えられなかった。スズメバチにでも刺されたように赤いプップツができるまぶたの炎症、霰粒腫と呼ばれる小さな腫瘍はとりわけ不快だった。ぬるぬるした目薬、それに、目にバターを塗ったように見えるリファマイシンという塗り薬を忌み嫌っていた。兄が人差し指にそのクリームを取ってゆっくりと子どものまぶたをマッサージしているのを見ると、妹は別の部屋に移動した。

一目見ただけで身震いさせるような虚ろな黒い目も好きになれなかった。悪臭としか思えない子どもの息づかいも。両側に倒れるようにぱかっと開いた、ぎすぎすの白い膝も。人から聞いた話では、横たわった姿勢でいるせいで、子どもの腰椎は蝶番をはずされたドアと同じで機能することはないらしい。そして、一度も地につけたことのない足は、バレリーナがつま先立ちをしたときのような弓なりの形のまま大きくなるらしい。それならば、身体のどの部分も支えられず、前に進むこともできないのならば、この足はいったいなんの役に立つというのだろうと妹は自問した。

その足には内側にもこもこした毛のついた革のルームシューズを履かせていた。何足もあって、床に転がっているのを見るたびトガリネズミの死骸を想像した。

子どもを風呂に入れる時間は身震いさせられた。裸で横たわっているその身体の脆弱さといったら見るに耐えるものではなかった。肋骨が白い肌から飛び出し、胸郭がいまにも壊れてしまいそうで、頭は横に倒れて湯船の水が口に入っていた。兄は静かにメロディを口ずさむように、自分のしていることを子どもに説明してやっていた。子どものうなじを支え、もう片方の手でぬるま湯をかけて、身体の隅々まで洗ってやっていた。浴槽にかがみ込んでいる兄の横顔をまじまじと見つめると、驚くほどよく似ていると認めざるを得なかった。少し突き出したおでこ、とがった鼻、しゃくれた顎も、二人の横顔はそっくりだった。さらに、ややつりぎみの黒い目、フサフサした髪、輪郭のくっきりした横長の唇も同じだった。バスルームで、彼女の目の前には、見事なオリジナルと失敗作のレプリカ、不幸な二分化を表す二人がいた。

妹は思いやりを微塵も感じなかった。彼女の目に映るのは、永遠の赤ん坊さながらに世話されることを要求する、青白い身体のマリオネットだった。

友達を家に呼びたいと思ってもあきらめなくてはならなかった。家の中にこんな子どもがいて、どうやって人を招けるというのだろう？　恥ずかしかった。テレビのコマーシャルで目にした「平凡をやめよう」というフレーズが頭に引っかかった。自分なら、少しでも平凡でいられるためなら、どんな犠牲でも払っただろう。両親、三人きょうだい、山の一軒家、どこにでもいる普通の人たちの集団に溶け込むために。歌が口をついて出てくるような朝、自分のことをかまってくれる兄、居間に流れる音楽、金曜の夜には友達が遊びにくる家を夢見ていた。平凡の恩恵にあずかっていることに気づきもしない、リラックスした、一般的な家庭を。

ある日、私たち石は長女が中庭を横切る姿を見た。子どもは大きなクッションの上に横たえられて、夢でも見ているようだった。穏やかな天候の九月の水曜日。学校が休みの水曜日といえば、私たちもよく知っているように、一緒に宿題をするために友達が大勢やってきて、勉強が終わると私たちの目の前でおやつを食べて、この土地の子どもたちがよくするように私たちの上にイニシャルを刻んだりするものだった。しかし、長女にとってこの日は孤独を意味した。一人ぼっちの彼女は中庭に出てクッションの横を通って木の扉に向かったが、突然あと戻りをして子どものそばにくると、クッションを蹴った。クッションの位置がずれそうになった（庭用の大きなクッションが二つ、羽毛の掛け布団ほどのかなりの重みのあるものだ）。その子は微動だにしなかったが、長女は力まかせに蹴りつけた。そしてその直後におずおずと家のほうにちらりと目をやり、走っていった。私たちは彼女のしたことを批判はしなかった。あれこれ言えるような立場ではない。しかし、この瞬間、再認識させられたことがあった。幸い私たち石は免れているが、人間と動物に特有の、肉体の虚弱性が残忍さを引き起こすという、古くからあるばかげた宿命。生きている者が十分に生きていない者を罰したいと望むかのような。

長女の心に怒りが根を下ろしていた。子どもが彼女を孤立させていた。子どものせいで、ほかの普通の家族とのあいだに目に見えない境界線が引かれたと感じていた。長女はある一つの謎と絶え間なく直面していた。どんな奇跡から、障がいを持った子がこれほどの損害を与えられるのだろう？　子どもは音を立てることもなく破壊し、絶対君主的な無関心さをひけらかしていた。無垢というのは残酷になりうるのだと気づいた。子どもは、根気よく地面をジリジリと照らし、干からびさせ、静かな怒りの中で大災害をもたらす酷暑によく似ていると思った。自然はその営みを続ける中で、これまで一度も謝罪することはなかった。都合の良いように振る舞い、しかも損害の責任を引き受けるのは荒らされた他者のほうなのだ。つまり、彼女の頭の中にあることを要約すれば、子どもは両親の喜びを奪い、自分の子ども時代を激変させ、兄を取り上げた、ということになった。

妹は、兄がこれほど誰かに気を配る様子をそれまで見たことがなかった。その変貌ぶりには啞然とさせられた。兄は、いとこたちを引き連れて山の高いところまで登っていき、アブラコウモリを追ったり、川沿いの水草をバサバサと切りつけたりする、無鉄砲で口数の少ないリーダーのような少年だった。イノシシの足跡を追いかけ、生のタマネギにかぶりつく兄のことを、妹は少し怖いと思いながらも心から賞賛していた。兄の行くところならどこへでもついていっただろう。それなのに、子どものせいで、兄はもう妹の成長さえ目に入らなくなり、浮き輪なしに泳げるようになったことすら気づかなかった。かつての兄はどこへいってしまったのだろう？　最近、長男は煙突の排気筒について事細かに調べていたが、それは彼の最大の恐怖が、煙によって子どもが窒息死してしまうことだったからだ。歩き方も変わった。夏の日差しの強い時間になると、子どもの横たわっている場所を移すために中庭に出て、木陰の下にいられるようにクッションを押すのが常だったが、妹は兄の、このクッションの巣に全神経を向けたままリズムを崩さない、奇妙なほどゆっくりとした、でも、断固とした、しなやかな歩調を観察した。動物が自分の子に向かっていくような足取り。これは許しがたいことだった。

忍耐を強いていたほかならぬ兄が、妹の性格を刺激し、戦いへとかりたてていた。妹は自分の縄張りを主張することから始めた。兄が自分の指を子どもの握りこぶしに滑り込ませて本を読んでやっていると、気を惹こうとしてちょっかいを出した。暖炉の炎にわざと近づき、クロイチゴを探しに行こう、弓を作ろうと提案し、歩行者同士がすれ違えないほど狭い羊飼いの道に行ってみようと誘った。兄はいやがる様子もなく、まなざしで、なに？　と問いかけた。彼女はここぞとばかり突進し、口火を切り、畳みかけるように話しかけた。閉じている扉をこじ開けるようにして。兄は穏やかな笑みを浮かべたが、その笑みはほぼ強制的に、出て行けと言っていた。兄は、こんなふうに放り出されることを知らない子どもの手の中に自分の指を滑り込ませたまま、本に視線を戻した。

この作戦ではうまくいかないと妹は判断した。「私たちのことを考えて、私のことを考えて」という気持ちを兄に伝えたいという望みには線を引いて消した。戦争が起これば、その状況と環境に与（くみ）していくしかない。現状に適応していくために、妹は、休戦と攻勢を身につけることにした。

休戦状態。これは中学校に通うバスに乗っている時間だった。毎朝、妹は兄と一緒に県道沿いのセメントでできた停留所でバスを待った。朝の早い時間だった。バスがブレーキをかけてタイヤの軋む音を立てながらゆっくり近づいてくると、心の底からホッとした。これでやっと、一キロ進むごとに子どもとの距離が広がるからだった。兄の横に腰かけて、妹はペチャクチャおしゃべりし、自分で作った物語を聞かせた。兄はそれを、バスの窓ガラスの外を見るともなく見ながら、うわの空で聞いていた。それでも少なくとも、この時間は兄を一人占めできた。もっとも素敵な休戦は、おとなたちがヒマラヤスギを切り倒しているあいだに、兄と二人で野生のアスパラガスを探しに行った午前中の時間だった。両親は姿の見えなくなった二人を探しまわり、その晩、兄と妹はお仕置きをされたが、そんなことはどうでもよかった。妹は兄が巨大な木が倒れかかってくる危険から身を守ってくれていると感じていた。以前、父親から中庭に呼ばれ、子どもの盲目を告げられた夜、そっと肩に手を置いてくれたときのように。自分の肩に置かれる兄の手、兄が自分をやさしく包み込むような本能は、あの頃は自然なものに思えていた。それをいつか失う日が来るなんて、想像さえしていなかった。

攻撃。それは自分のいないところで過ぎるすべての瞬間に向けられた。特に兄が急流の近くに子どもを寝かせるために連れていく時間には、ぴったり身体をくっつけている子どもを抱いて、草の生えた坂道をそろりそろりと進む兄の様子を観察した。場所はいつもと同じ、二つの滝のあいだで流れが穏やかになる、モミの木の下に行くのだと知っていた。

そして妹はいつもしまいには、この束の間の穏やかさをぶち壊すために二人のいる場所に乗り込んで行き、ぬかるみを歩き、小石でピラミッドを作り、アメンボを捕まえ、叫び声を上げ、おおげさに喜んでみせることで自分の存在を強調した。自分はここにいると彼らに思い出させた。時折、兄はカメラを取り出し、横たわっている子どもとそのすぐそばに立つ彼女の二人の写真を撮ったが、くるぶしまで水に浸かっている妹だけをカメラに収めようとすることは一度もなかった。自分の存在を主張するために、妹は挑むようにレンズを見た。

それでも十分ではなかった。

妹はふと、兄を完全に失ってしまわないためには、兄が子どもを愛するように自分も子どもを愛する必要があるのではないかと考えた。手始めに、中庭に大きなクッションを並べてみたが、ぎこちない手つきのせいで思ったように動かせず、乱暴にクッションを引っ張った拍子に布を引き裂いてしまった。大量の白いビーズが一瞬にしてスレートの地面を埋め尽くし、彼女は毒づきながら拾い集めた。その事態を目にした兄は妹に声をかけることはなかったが、頭の中で同じ種類のクッションを買い物リストにつけ加えていた。妹は努力を続けた。野菜のピュレ、デパケンという名の抗てんかん剤の量、子どもは耳しか聞こえなかったので音にも興味を持とうとした。兄を真似て、その子の耳元で紙をくしゃくしゃにし、目に見えているものを描写しようとしてみたが、言葉が出てこなかった。ばからしいことに思えたし、イライラしてため息が出た。子どもの身体を揺すって、立ちなさい、ばかげた真似はやめなさいと命令したかった、みんな疲れているのだからと。

あるところから別のところへと移動する黒いまなざしを追ってみようと試みもした。しかし、どう考えても、まったく見えていないという事実が彼女には恐ろしく、揺れ動くこの目が好きではなかった。時折、子どもの目の動きが自分の視線と交わることがあったがそのたびに居心地の悪さに襲われた。一秒ほど経つと子どもの目はゆっくりとまた動き出した。視覚として機能しておらず、何も見えていないのだとわかっていても、視線が合った瞬間、「きみが考えていることくらいわかっているからね。ぼくのこと、気持ち悪いと思っているんでしょ。でも、ちっともぼくのせいじゃない、ぼくらには同じ血が流れているんだからね」という内にこもった脅迫めいたメッセージを読み取らずにいられなかった。

まさにオパールガラスのような乳白色の肌に自分の頬を押し当ててみたが、すぐに全身に痙攣が走った。それに、子どもの口、ピュレ、煮込んだ野菜の発するニオイ、いうまでもなくオムツのニオイにもぞっとさせられた。替える必要があっても、絶対にやりたくなかった。

妹は兄を呼んだ。彼はオムツを替えにやってきた。兄が上体を丸めて、やさしすぎてややもするとネチネチした感じにも聞こえる声音を使い、お尻を持ち上げて新しいオムツを滑り込ませるためにガニ股に開かれた足首をそっとつかむのを見ていると、やはり全力でなんとかして兄の視線を子どもから逸らし、ただ川辺に腰かけるだけでいい、それだけでいいから自分と二人だけになってと懇願したくなるのだった。

どうせ反応しないのであれば、子どもで人形ごっこをして遊んでみようと思うことがあった。輪ゴム、化粧品、レースのついた飾り襟、ヘアバンドを取りに行き、中庭に置かれた赤ん坊用の椅子の横にあぐらを組んで座り、子どもの両頰に赤い円を描き、眉毛を黒く塗り、まぶたにはアイシャドーをのせた。子どものフサフサした髪を三つ編みにしたりもした。子どもは驚きもしなければ、抵抗することもなかった。チークブラシが頰をこすったときだけ、かすかに顔をしかめ、ヘアバンドの未知の素材に頭を覆われたときには、一瞬、眉毛がつり上がった。見かねた兄が憮然とした様子で現れ、妹を叱りつけることはしなかったが、自分のおでこを子どもの首に埋めた。兄の腕に抱かれた子どもは、羽のように軽やかに見えたが、これは、妹にはとうていできそうになかった。

一度だけ、妹は子どもを抱きかかえたことがあった。居間に置かれていた赤ん坊用の椅子に近づき、勇気をかき集めて子どもの脇の下に両手を入れて、グイッと持ち上げた。が、すわっていないうなじを支えるのを忘れてしまった。子どもの頭は後ろにガクッと倒れ、首がグラグラ揺れた。恐ろしくなって思わず両手を離してしまった。するとどさっと落ちて、頭は赤ん坊用の椅子の布地に当たって跳ね返り、今度は胸のほうに倒れ、上半身が横に傾き、そして動かなくなった。子どもは不快を訴えるように泣き出した。兄が怒りを露わにしたのは後にも先にもこのときだけだった。ふくらはぎは宙に浮き、額は前に傾き、操り人形のような格好になっている子どもを見て、兄は怒り狂っていた。それでも妹を叱りつけることはしなかった。誰にともなく、どうして子どもを元どおりの体勢にしてやらないのか？　なぜ無関心でいられるのか？　と言って激しく非難していた。子どもが不適応だから、よじれた首で、身体も斜めにしたまま放っておいていいというのか？　と叫んでいた。両親は、心配する気持ちもわかるが、大丈夫だから、もう子どもも泣きやんだからと言ってやさしくなだめようとした。そして、その場の空気を変えようとして、そういえば買ってきたばかりのジョギング用のソックスを履かせてみたらどうだろうと言った。両親も、妹をとがめはしなかった。

怒りが長女の身体を硬直させていたが、その怒りは貴い一徹さを体現し、立っている者たちの強さそのものだった。横たわっている者にその強さはなかった。怒りは彼女に無言の抵抗をさせ、ポケットの中でこぶしを握りしめ、寝る前には枕に何度も頭を打ちつけたが、これは闘争心にあふれていながら同時に慰めともなる習慣となった。風が猛烈に吹き荒れ、雷雨が近づいてきて山が悪しき喜びに震えると、心の平安を感じるのだった。暗灰色の空に向かって顎を突き上げ、草むらに駆け巡る緊張を胸に吸い込んだ。川が喜びに唸っているように思えた。妹は雷鳴と雨を待った。なぜなら、それでようやく自分は理解されていると感じるからだった。

何を聞いても眉を吊り上げたまま頑固に黙り込んで答えずにいる娘を心配して、両親は心理カウンセラーのところに連れて行くことにした。クリニックは街の入り口にあって、母親は車を商品が大量に運ばれてくるゾーンに駐車した。最初、長女はこの場所の巨大さに押しつぶされるように感じたが、すぐに気持ちが緩んだ。ネオンの光が次々と文字を吐き出していく看板、倉庫とも見まがう商店、ブンブン唸りを立てながらバレエでも踊っているように流れる車の列は、雷雨と同じように穏やかな気持ちにさせた。そこには節度のなさがあったが、その行き過ぎた感じが彼女を落ち着かせた。心理カウンセラーの診療室にも自発的に話をさせる暴走感とも呼べる空気があったら、どんなことでもしただろうが、当然のことながら現実は逆だった。待合室の真綿に包まれたような温もりには、まるで保育器にでも入れられた気分になり強い不快感を覚えた。絨毯、ふかふかした椅子、エッセンシャルオイルのディフューザー、田園風景の描かれた絵、こうしたすべてが喧嘩を売っているようだった。

心理カウンセラーは若い青年で、甘ったるい声と好奇心に満ちた目をしていた。肩をすくめるだけで口を開かない彼女を見て、彼は一枚の紙とクレヨンを持ってきた。長女は、自分は十二歳で、もう幼稚園児ではないと刃向かいそうになったが、待合室で待っている母親を思ってがまんした。彼女はクレヨンを手に取った。

半年ものあいだ、カウンセラーはデッサンを描かせ続けた。アイデアが尽きて、しまいに長女は芯が折れるほどクレヨンを強く紙に押しつけて全体を塗りつぶした。

二人目の心理カウンセラーは街の反対側の村に住んでいて、通うのに車で一時間もかかった。長女が学校の食堂で出されるメニューをひたすら読み上げるのに、三カ月間、彼もまたひたすらうなずきつつ、じっと耳を傾けていた。

三人目の心理カウンセラーの部屋は、自宅から近い村の、総合内科医院、歯科医院、運動療法施設が併設された医療センターの中にあった。こちらの待合室は、プラスチックの椅子が置かれた簡素なもので、いくつもあるドアは規則的に開かれ、名前が呼ばれ、次々と人が立ち上がり、サポーターをつけて部屋から出てくる人たちもいた。心理カウンセラーは髪をふんわりとシニョンにまとめた年齢不詳の女性だった。母親とも一緒に会いたいと言って、まずは母親にいくつか質問をした。子どもたちを母乳で育てたか、仕事からの帰りは遅くはなかったか、夫を愛しているか、自分自身の母親を愛していたか？「不適切な養育関係」は世代から世代へと受け継がれていくことを知っているか？逃げ出したい気持ちをグッとこらえている小学生のように、母親が背を丸めて椅子に縮こまっていくのを見て、長女は怒りがふつふつと湧き上がるのを感じた。娘というのはときとして母親を守る立場にもなる。娘に手を取られたとき、母親は抵抗することなく椅子から立ち上がった。心理カウンセラーは扉まで母娘のあとをついてきたが、彼女のヒールの立てる音は雌のラバが小刻みに走るのと似ていた。「まったくなんてこと」と吐き出した心理カウンセラーに向かって妹が「精神分析医にでも診てもらったらどうですか」と攻撃を浴びせた。車に乗り込むや、二人はしゃくりあげるように笑った。母親はハンドルに突っ伏して目を拭った。泣いているのだろうかと思った長女は、母親に覆いかぶさるようにして抱きしめ、シフトレバーの上でお互いに身を寄せ合ったままじっとしていた。

ある日、街に住む母親の友人たちが家にやってきた。いつものように子どもは中庭の木陰でクッションに寝かされていた。和やかな雰囲気ではあったが、私たち石のような昔々からの番人には、ひたひたと忍び込んでくる緊張感が伝わってきた。ごくごくふつうに母親は飲み物を注いだ。子どもに目をやったときの友人たちの居心地の悪さを私たちは見逃さなかった。彼女たちは意を決したように質問し始めた。あの子は全身が麻痺しているの？　痛みはあるの？　私たちの言うことがわかるの？　あの子の「病気」（この言葉が使われた）は見抜こうと思えば見抜けたの？　母親はカラフを置いて、辛抱強く答えた。いいえ、背骨は折れていないのよ、何も問題はないの、苦しんでいるわけではないの。単に、あの子の脳は信号を出さないだけ。痛みは一切感じないけれど、でも、泣いたり笑ったりすることで自己表現はできるの。それに、音を聞くことだってできるのよ。つまり、あの子は目が見えないの？　ええ。話もしないの？　立つこともないの？　ええ。エコー造影で何かわからないの？　いいえ。子宮内で疾患があったとか、ひょっとして、あなた自身に何か病気があったの？　いいえ、先天的な奇形で、生まれてきたときに偶発的に起きた染色体の欠陥で、予測することも治療することもできないの。

この瞬間、長女は母親の態度を心の中で罵倒していたが、それは自分にはこんなふうに気高く振る舞うことはできないとわかっていたからだった。私たち石には彼女の心が大暴れをして、惨めな罪悪感が音を立てているのが聞こえた。彼女はこう思っていた。私には、単純な言葉で表される、こんな思いやりある寛容さはかけらもない。信用することとイコール火中に飛び込むことなのに、母親はその危険を冒して、恐れもせずに心を開いて話している。私にはできない。健気な従順さに支えられ、何世紀もの時間によって磨かれてきた、この岩と粉でできた山々の女性たち特有の作法を、私は持ちあわせていない。陶器のように壊れやすいくるぶしで立っている女性たちの、耐え忍ぶような姿はまやかしでしかない。この土地の石に似ている女性たち。人々は砕けやすい石だと信じているが（「片岩」という言葉の語源は「溶かすことができる」という意味ではなかったか？）実際は彼女たちほどうろたえることなくジタバタしないで生きている者はいない。というのも、彼女たちは運命に悪知恵を持って対応する術を持ち合わせており、立ち向かうことなど決してしない賢さを身につけているからだ。ひれ伏しはするけれど、陰では受け入れている、励みの源となるものを準備し、持久力を蓄え、エネルギーを大切に使い、苦痛の裏をかく。兄さんが何よりも忍耐を大切にするのは偶然だろうか？　忍耐と共に、であって、逆らうことはない。私にはできない。妹である私は絶え間なく抵抗し、自分の手足をぶつけ、運命に抗って叫ぶ。いま起こっていることすべてに対峙する力が不平等であることは理解できないが、私に勝ち目はなくても、それでもはねつけよう。全身全霊で拒否しよう。私はこの土地の女王たちには属さない。

長女は立ち上がり、中世の扉をくぐり、山道を登って家から遠ざかっていった。バスケットシューズが岩の上で滑り、向こう脛が赤い縞模様のようになったが、それでも足を止めなかった。羊飼いの道を歩き、シダの上に腰を下ろした。遠くに、枯れて灰色になった桜の木の幹が三本と、一人の農民がいるのが見えた。幹は草むらの中で残骸になった姿で直立していた。見渡す限り、完璧なハーモニーが描かれていた。夏の雨が石を艶やかにし、大地の強烈な匂いが立ち昇っていた。水をたっぷり含んだ土の匂い、新鮮な根っこの匂い。根っこは木々や沼、木々のつける葉、そして遠くに聞こえる羊たちの鈴とまで釣り合いが取れていた。そこには、ほかには左右されずにそこだけで独立した調和があり、それが妹には耐えられなかった。胸の奥が、不平等に対する深刻な怒りで熱くなるのを感じた。この自然は、残酷なまでに無関心なあの子どもに似ていた。自分が死んだあともずっと、どんなことであれ聞く耳を持たず、修道女たちの悲嘆の声にすら耳を傾けず、鈍感な美しさを備えたままいつまでも存在し続けるのだろう。確かに、自然の摂理が許しを請うことはこれまでも一度もなかったのだから。彼女は立ち上がり、石を一個手にとって、まだ若いコナラをわき目もふらずに傷つけた。枝はしなやかで、立ち向かってくるように何度も跳ね返っては顔を叩きつけた。タンクトップ一枚しか身につけていないはだけた腕には引っかき傷ができたが、それでもかまわず、地面が枝と葉っぱの絨毯になるまで石で叩き続けた。流れる汗が目に入って痛かった。

山を下りる途中、迷い込んだのか、薪小屋の正面の雨除けの下に寝転がっている犬と出くわした。体勢がおかしかった。頭はあらぬ方向を向いて、足は伐採された幹のように横に投げ出されていた。暑さに参っているだけできっと幸せな犬なのだろうが、長女は、子どもが持って生まれてきた違いは周囲にも伝染するのだと思い込んでしまい、その場に凍りついた。周りにいる生き物はみな脱臼し、力を失ってしまう。まもなく世界じゅうが脆弱になり、転覆してしまう。ある日目覚めると、自分自身も首がぐにゃっとして、膝が重くなっているのではないだろうか。そう考えたらパニックに襲われ、山を駆け下り、川沿いの果樹園まで走り、地面に落ちていたリンゴにつまずいて転び、再び立ち上がった。そして川の水の中に入って行った。バスケットシューズを履いているおかげで滑らずにすんだ。川の中を進むと日陰になっている場所があって、その水面は黒く、アメンボが通った跡だけがかすかに見えた。おびただしい数の細かい木屑がふくらはぎ、腿、ショートパンツをはいた腰までを突き刺した。水は向こう脛の傷口、腕の引っかき傷を洗い、タンクトップは汗でびしょ濡れになり、じっとりとした肌はうっすらと土で覆われていた。荒い呼吸のために胸がものすごい早さで上下した。身体が震えていたが、それが寒さのせいなのか悲しみのためなのかはわからなかった。渦巻きの形をした疑問が彼女の内側を切り裂き、いくつかの言葉となって心に穴を開けた。「誰が私を助けてくれるの？」川が身体に重りをつけ、この深い穴に丸ごと突き落とそうとしていた。長女は両腕を広げ、水から出した指で滑らかな表面をかき混ぜた。硬直した腕を震わせながら、この体勢でじっとしていた。この瞬間、彼女を偶然見かけた人はどんな人でも恐ろしくなったはずだ。服を着たまま身体を十字にして息を切らし、乱れた髪で腰まで川の水に浸かっている若い娘。なんとか息を鎮めようとしていた。そのときは子どもとまったく同じことをしているとは気づかなかったが、目を閉じて、耳に入ってくる音に集中しようとした。しばらくすると午後の穏やかさに包まれた。鳥のさえずり、滝の流れる音が聞こえてきた。夏の太陽に浸かりきった巨大な山を近くに感じた。植物がヒリヒリする暑さに参って動かないのをいいことに、昆虫たちだけがブンブンいいながら飛び回っていた。一匹のトンボが耳をかすめた。ものごとが再び動き始めた。山は単に興奮が収まるのを待っていた。何千年も前から山は人間の気持ちが鎮まるのを待ってそうしてきたのだ。長女は自分が性格に問題のある幼い子どもになってしまったように感じた。目を開けて、顔を上げた。トネリコの枝が屋根をかたどっていた。

長女の心を癒やすことができるのは唯一、祖母だけだった。以前は同じ集落に住んでいたが、引退して街に暮らすようになった。そもそも祖母は日頃から、「私は街に向いているの」と言っていた。いつも鮮やかな赤い口紅をつけて、低いヒールの靴を履き、黒い髪を凝ったシニョンに結って、ブレスレットははずすことがなく、寒い季節のあいだでも薄いキモノで寝ることにこだわり、クリスマスの夜には必ずサテンの黒いドレスを身にまとった。それでもそんな外見にだまされる者は誰一人としておらず、彼女は正真正銘のセヴェンヌの女だった。第一に、本人は無意識かもしれないが「忠誠心、忍耐、そして慎み」を繰り返していた。ありとあらゆる問題を解決してくれる、この土地の魔法の言葉だ。祖母は戦争中、レジスタンス活動に加わっていたことがあり、当時のエピソードについてはほとんど語ることはなかったが、一度だけ、石造りの大きな古い橋の下に掘られたトンネルを孫娘に見せたことがあった。果樹園まで下って、川に沿って少し坂を上ると橋の下に出た。そこからは石の厚みの中に奥深くまで続く暗闇が見て取れた。そのトンネルは多くの家族をかくまってきた。川岸からやっとのことでよじ登ることができる高さにあり、高齢の人たちは身体を持ち上げて中に入れた。暗くて奥深い穴の中は、腹ばいになって進んだ。子どもたちがいつも一番前だった。

さらに、祖母は一目でセイヨウカリンかプラムかを見分け、竹を植えて囲いを作り（果樹園の奥に作ったのだが、これは丘に住む人たちを仰天させた）、野生の植物を使って料理もした。ねじれた幹を見ると「これは不幸な木ね」と言った。風がどこから吹いてくるのか、風が起きた正確な場所まで言い当てるのだった。「これは、この風は西からだわ。とげとげしい風ね、アヴェロン県のルエルグからだわ、ネバネバして、狭心症を引き起こすこともあるのよ。午後のコーヒーのあとはこぬか雨になるわよ」と言った。そして本当にコーヒーの時間になると霧雨が降った。彼女の耳はあまりに研ぎ澄まされていて、単にセキレイの鳴き声を聞き分けるだけでなく、その鳥の年齢まで言い当ててしまった。公爵夫人に変装した魔女だと長女は思っていた。

長い休暇になると、祖母は集落の一番手前にある、家の離れで夏を過ごした。子どもたちは中庭を横切り、道路沿いにほんの少し歩くだけでそこに着いた。昔は集落での暮らし方がそうであったように、祖母はその離れで身の回りのことはすべて自分でやっていたけれど、それでもすぐ近くに暮らす家族に守られていた。テラスは木の柵状の手すりで囲まれており、急流に面していた。反対の川岸には太陽の光を受けてマホガニー色に輝く山が垂直にそびえ、身を乗り出して手を伸ばせば触れられるのではないかと思えるほどだった。こだま山と、テラスを支えている壁のあいだの回廊に締めつけられて水の音が高くなり、切り立った岩壁をこそげ落とすを響かせながら勢いよく砕け散った。泡の轟音にあふれ、切り立った岩壁をこそげ落とすように見えるこの場所が妹は好きだった。大きなクッションに弟を寝かせている囲われた中庭よりも、このテラスで過ごすのを好んだ。
そのテラスで、祖母は籐の椅子に座り、身をかがめて孫娘の手に木製のヨーヨーを持たせて言った。「橋にかくまった子どもたちにも同じものをあげたのよ。人生にはうまくいかなくて落ちるときもあるけれど、必ず良いときがやってきて舞い上がるからね」祖母のそばには、盗まれた兄も、盗人の弟もいなかった。

午後は離れに閉じこもって祖母と二人でオレンジ風味のゴーフル（祖母が大好きだったポルトガルのレシピの一つ）、オニオンのベニエ、エルダーベリーのジャムをこしらえた。むっとする蒸気を立ち昇らせる熱湯の中でクリを茹で、熱々のうちに皮を剝いた。銅の大きなたらいに移されたクリは、バニラ風味の砂糖の香りを放ちながら柔らかくなっていった。こうしてできあがったジャムを二人揃ってマルシェに売りに行き、そのお金で、祖母の言うところの「きれいなマニキュア」をご褒美に施してもらった。祖母は養蚕所と呼ばれる、カイコを飼育する大きな建物の中で育った幼い日々の話もしてくれた。壁も扉もない建物の中はとても暑かったという。その建物の中で、蚕たちが糸を吐き始める瞬間をうかがいつつ、桑の葉と蚕を置いていった。「繭、これは私には地獄だったわ」と祖母は言った。蛾になる前に熱湯に浸し、丁寧に糸の端っこを引いていかなくてはならない。この話に感動した長女は、おびただしい数の幼虫が膨大な量の桑の葉をかじる音を想像してみた。「想像するまでもないよ」と祖母は言った。「どんな進歩にも雑音はつき物だからね」

祖母は時折、一風変わった木を見るために山の高いところへ長女を車で連れていった。それは石の上に生えているヒマラヤスギで、道路に垂直に伸びていた。どんな木であれ石に根を張ることは理屈上では不可能なはずだったが、それでもその木は白鳥の首のような優雅さで空に向かってすらりとそびえ立っていた。祖母は車を停め、ハンドルにかがみ込み、細い幹を見上げて言った。「あの木はね、あれは生きたいと思っているんだよ」

祖母はつけ加えた。

「あなたみたいにね」

それから祖母は同じ道を走り続けて、壮大な景色を眺められるさらなる高台へと上っていった。二つの巨大な山に挟まれた谷間は細い廊下のような様相を呈していた。キラキラしているところを見ると水が流れているようで、そのすぐ近くに、母親の脇の下で身体を丸める赤ん坊さながらの、土地の起伏に抱かれた小さな村が見えた。それでも祖母は長女とは逆に、視線を上げた先にある別の村、自分の生まれた村を指差した。赤みがかった石の集まりのその村は、到達不能と思われるような断崖すれすれのところにあった。

「あの村はがらんとした空の近くで大きくなっていったんだよ」

長女は思った。

「私みたい」

二人は口を閉じたまま帰途についた。長女は開け放したサイドウィンドウから片手を外に出し、祖母はハンドルを握る手に神経を集中させていた。エンジンの機械的な唸り音だけが鳴り響いていたが、その音はヘアピンカーブでは変化をつけるものの、坂に入ると再びひと息ついて単調になった。村の前の曲がり道に差しかかると祖母はなぞなぞを始めた。進行方向から目をそらすことなく、いきなり問いかけた。「蛇の舌のような形をした、先の尖った小さな松かさは誰のもの？」

「ダグラスファー」長女は窓の外に視線を向けたまま短く答えた。

「私は割られたばかりのトネリコの薪。私の木肌はどんな感じ？」

「滑らかで灰色がかってる」

「私の葉はヤシの形をしていて、中心の葉脈がなくて……」

「イチョウ」

「湿疹の治療をするために、私の樹皮はローラーで剝がされるの。私は誰でしょう?」

「ブナ」

「はずれ」

「コナラ」

「当たり」


祖母はおしゃべりではなかった。口数の少ない人によくあるように、話をするより行動で示すほうだった。街から流行のウォークマンを、そして最新のバスケットシューズを買ってきた。長女の年頃にふさわしい雑誌を定期購読もさせていた。隣の村の映画館で新しい映画が上映されると連れ立って観に行った。おかげで妹は校庭で「私も、『ロマンシング・ストーン 秘宝の谷』なら見たよ」と言えた。ドイツのポップデュオ、モダン・トーキングについても細かいことまで話ができたし、シェビニオンのトレーナーを着て、タブルガムを噛んでいた。祖母は長女がほかの子たちに引け目を感じることがないように同じ水準まで引き上げていた。つまり、人並みの生活をプレゼントしていたのだ。それから何年も先のことだが、おとなになった長女は友人にこう話した。「もし自分の子どもに問題があると思ったら、家族のほかの子どもたちにも常に目を向けているべきだと思うの」そして自分自身を振り返りながらこうつけ加えていた。「普通に元気な子たちって騒ぎ立てないの。身に振りかかる大きな困難を受け入れて、何も要求しないで苦悩にぴったりと自分を合わせていく。健康な子どもたちは問題のある子どもを波乱から守る灯台になっていくけれど、もし波乱が嫌いでも、残念ながら、それを拒否すれば不謹慎と思われる。義務感に導かれてるの。だから暗闇の中、寒さも恐れも切り抜けながら、逃げ出さずにそこで踏ん張るのね。でもね、寒さも恐れも感じないなんてありえないじゃない。だから、元気な子どもたちのケアもしてあげないといけないの」

祖母と一緒にいると長女の怒りは収まったが、祖母もその子どもの面倒はみていた。観察力の鋭い祖母は長男の子どもに対する愛着も両親の悲しみも理解していた。祖母は行動することで彼らを支えていた。毎日、子どものためにレネット種のリンゴやマルメロの実のコンポートを用意した。家を出て道に沿って歩き、中庭を横切って、チビちゃんの夕食のためにキッチンのテーブルにお椀を置いていった。母親の都合がつかないときには、朝、子どもを車に乗せて託児所に送って行き、あるいは迎えに行くこともあった。子どもを抱きかかえるとき、祖母のブレスレットが音を立てた。不器用ではあったけれど、しっかりと抱えた。子どもは少し顔を引きつらせたが、声は出さなかった。性格上、祖母が子どもに話しかけることはめったになかったけれど、時折、コンポートのお椀の横に、新しいルームシューズ、一袋のコットン、生理食塩水の小瓶がさりげなく置かれていた。補充する必要があることをどのように知ったのかは誰にもわからなかったが、祖母は心得ていたのだ。こうしたことで長女が嫉妬心を覚えることはなく、逆に、子どもに対する祖母の細かい目配りは、彼女の罪悪感を軽くした。

月日が過ぎ、長女は子どもを自分の世界から抹消し、完全に無視するようになった。一日じゅう行政手続きに追われて帰宅したときの両親の不快な顔からは目を背け、何も目に入らないふりをし、自発的に両親を手伝おうとすることもなかった。子どもを遠く離れた草原にある特別養護施設に預けることになり、そこでは修道女たちが子どもの世話をするのだと告げられたときも、顔色一つ変えなかった。隣に座っていた兄の心が怒りで煮えたぎっているのを感じて、自分の目の前に置かれたお皿に鼻を突っ込み、サラダからトマトを整然と避ける作業に集中した。その日の夜、長女は祖母に電話していいかと両親に聞いた。なぜなら、友達のノエミが、フランソワ・ミッテラン大統領のほうがケヴィン・コスナーよりずっとかっこいいと言っていたので、どうしても祖母とその件で話し合う必要があったのだ。

子どもが草原のほうに行ってしまうと、緊張が解けて長女はホッと一息ついた。抱え込んでいた不快感、怒り、罪悪感などの厄介な感情が子どもと一緒に消えていった。子どもが心の闇の側面を連れ去ってくれたのだ。もう胸を痛めることはないだろうと思えたし、兄がいつか自分のところに戻ってきてくれることすら望んだ。最初のうちは、蒸発しているように見えた。消え入るような長男の姿を表現できるのは蒸発という言葉しかなかった。かろうじて歩き方だけは計り知れぬ悲しみを醸し出していたが、顔色は青白く、目は虚ろで、立っている力もないように見えた。子どもにそっくりだった。

長女はすがるような思いで生き生きとした世界へ向き直った。友達をたくさん作り、誕生会やパジャマパーティにも招かれれば参加し（ただし自分の家で計画することは一度もなかった）、スポーツの活動も増やしていき、《ＯＫ！　マガジン》のゴシップにあれこれ言って、祖母と連絡を取り合い、彼女が離れにやってくる前には冷え切った家の中を嬉々として点検して回った。暖炉に火をくべる準備をして、ベッドメーキングをして、貯水タンクに熱湯があるかを確かめ、テラスに水を撒いた。祖母にまとわりついたり、頬にキスをしたりすることはなかったけれど、ほとんどの時間を一緒に過ごした。カップのほんの小さな欠け、蛇口を回すときに立てる音、バニラ風味の砂糖の香り、キッチンに吊るしてある石鹸の匂い。妹は離れの家のことなら隅々まで熟知していた。祖母は居間を改造してオープンキッチンを作ったが、自分自身の母親がキッチンに閉じこもっている姿ばかり見てきた祖母にとって、これはモダンであることの最たるものであった。暖炉と居間を含む大きな部屋と一体化した真っ白なキッチン、明るい色の木材。祖母はそこによく友達を招いた。古いパールの首飾りのようにお行儀よく長椅子に腰かける、マルト、ローズ、ジャニーヌ。長女も一緒にお茶を飲むことがあったが、彼女たちは優雅な手つきでティーカップを置き、話をしている最中に不意に黙り、空白を残した。長女は最初、これは老いのせいではなく、単に、ほかの人たちはその先をすでに理解しているから口に出す必要はないからなのだと思った。空白は会話を夢想的で魅惑的にしていた。一つの話が断片的に描かれ、謎で満たされる（「シェンケル一家が中にいたあのくぼんだ橋は……」「その日、私が植えた場所で……」「ほら！　約束したあの人が……」「繭でやけどした手が……」）。恐怖にかられた日のことから八月の楽しい宴会、浮気な婚約者へと話題は移り変わっていった。時折、彼女たちはくっくっと笑ったが、長女にはなぜおかしいのかわからなかった。喉を鳴らすような笑い声は耳障りとも言えるほどで、彼女たちの身だしなみの良さとはまったく釣り合わないものだった。笑い終えるとまた、ポツポツと穴の空いた会話へと戻っていった。「ミニャルグのダンスパーティ、クライマックス……」「みんなであちこちを、……殴った指を……結婚指輪がついていて……」「ドイツ人の顔、しゃちこばって……垣根みたいに」彼女たちは頭を振り、ほほえみ、句読点でも打つように時折ため息をつき、感嘆の声を上げて空白を作っていた。長いこと強烈な感情を分かち合ってきた彼女たちにとっては、共通の経験の積み重ねも言葉と変わらないのだった。

彼女たちに混じっていると、長女は子どものことも兄のことも忘れることができた。自分が何歳なのかもわからなくなった。断片的に与えられる彼女たちの記憶を再構築してみようとしながら時間を過ごした。日が暮れ始めると、母親が居間に顔を出し、マルト、ローズ、ジャニーヌに挨拶をして言った。「もう遅いわ、母さん、娘を返して、夕飯の時間だから」妹はいやいや立ち上がった。兄と面と向かって座ると思うと心が塞いだ。妹は兄から逃げる術を身につけるようになっていた。以前のように兄に近づけば、あまりに辛かった日々の記憶がよみがえり、放ったらかしにされた深い悲しみを目の前に叩きつけられるからだった。兄に近づけば、これまで気丈にこなしてきたすべてが一気に崩壊してしまう。つまりそれは、地面に倒れ込み、死ぬことを意味した。この不公平によって死ぬ、すべてを変えてしまったこの子どものせいで死ぬことだった。

こうして兄とはますます話をしなくなっていった。

とはいっても、妹は兄とわざとすれ違うようには調整していた。濡れた髪のままバスルームを出たところで、あるいは、自分が中学校に行くバスを待つあいだ、兄を高校に連れていくバスの窓越しに（妹は、バスの前方に座って真正面を見つめている兄の横顔を細部まで眺めるのが大好きだった）。テーブルの端っこに置き忘れたメガネをたびたび見かけた。なぜそこにいるのかはわからなかったけれど果樹園に突っ立っている兄の背後に不意に現れて驚かせることもあった。ここまで赤ん坊用の椅子を運んできて子どもと過ごした時間を思い出して心を揺さぶられているに違いないと妹には思えた。彼女なしの時間、彼女には属さない時間。

妹は受け止めた。受け止める、それはのけ者にされていると感じるほどは辛くなかった。自分の存在しない世界で幸せな兄よりも、苦痛の中で消え入りそうな兄のほうがよかった。もはや笑うことはなくなったが、顔を背けはしなくなった。おそらく妹は兄を失ったのかもしれないが、少なくとも、兄の亡霊は取り戻せた。

停滞した状況の中で涙を流すことなく数ヵ月が過ぎた。両親は長い休暇のたびに子どもを迎えに行った。子どもが家に戻ってきても妹は近寄ろうとはせず、毎日、忙しく過ごしていた。祖母の家に出入りし、子どもの存在を隠している友達の家にしょっちゅう遊びに出かけていた。妹によれば、きょうだいは兄が一人だけ、誰も自宅に招待しないのは、家が改装中だからということになっていた。

中学校ではあまり勉強しなかった。教師たちのあいだで彼女の騒がしさは手に負えないと非難する声が上がっていた。心配を口にし合い、十五歳にもなっていないのにこれほどの怒りに取りつかれるなど考えられないとささやき合っていた。国語の教師が生徒たちに「私を殺さないものは、私をいっそう強くする」というニーチェの言葉について感想を述べさせたとき、この言葉を忌々しく思った長女は教師をののしった。呆然とするその教師の前でまくし立てた。「そんなの嘘よ、私を殺さないものは、私をより弱くするの。なんの経験もしなかったから言えることよ。罪悪感を覚えて、それで突如、苦痛を美化しているんだわ」宣戦布告さながらの敵意に満ちたその言い方があまりに攻撃的だったことから、両親は学校に呼び出された。長女の心には、復讐を訴える声がますます強く鳴り響いていた。廃墟の中で生きるくらいなら、いっそ廃墟を作り出したほうがマシだ、と何かに耳打ちされていた。頭の半分を刈り込んでもらって美容院から帰宅すると、祖母だけがユニークでいいわねと言ってくれた。両親は憔悴したまなざしを彼女に向けた。兄は何も気づかなかった。

長女は中庭も、壁も、私たち石のこともどうでもよかった。足を止めることなくこの空間を横切った。断固として、苛立った歩き方で通り過ぎた。もし彼女が私たちに注意を払うことがあったとしたら、それは私たちを取り外して誰かに投げつけるためだったろう。電気を帯びたように身体を震わせる悪しき風、私たちはそれをよく知っている。この中庭で、暴力なら何度も見てきた。私たちのかわいい妹が撒き散らしているのはまさにその悪しき風だった。取り返しのつかないこと、あとには引けないことへの渇望を抱えて、破壊したい、ただ叫びたいと切望していた。屋外で楽しめる六月になるとすぐに、目の周りを真っ黒に化粧して、戦闘態勢をむき出しにしたような格好で村のダンスパーティに出かけて行った。青年会館やテニスコートやキャンピングカーの駐車場が近くにあるスペースで開かれるちょっとしたパーティで、音響装置、舞台、ビュッフェスタンドを置けるほど平らで広々とした土地だった。長女はプラスチックのコップでサングリアを飲んだ。何杯も飲んで、大声で話した。紙ちょうちんが火事の危険をそそのかすように揺れていた。友達とつるんで、ほかの山あいの村からエンジン搭載自転車（モビレット）でやってくるグループの様子をうかがっていた。こうしたダンスパーティでは名前を聞くより早く「どこから来たの？」と質問する。「ヴァルボンヌから」とか「モンダルディエ出身」とかの答えが返ってくるのだが、そのたびにこの正確さを賞賛したい気持ちになった。長女も何々という山あいの、どこどこの集落とはっきり言えるはずなのに、どう答えていいかわからなかった。自分はこの土地から切り離されていると感じていた彼女は質問に答える代わりに挑発的になり、意地悪な態度で喧嘩を売っていた。一度、音響装置の後ろに連れて行かれたことがあったが、どんなに叫んでも騒音にかき消された。酔っ払って苛立った少年にコテンパンにされたのだ。口の中で砂や小石の味がしたが、自分の声はちょうどそのときに大音響でパーティを盛り上げていた「涙のオールナイト・ドライヴ」を歌うシンディ・ローパーのようだと思った。歯が一本欠けて、スピーカーボックスのせいで小刻みに揺れる舞台の裏手でよろめきながら、口元を押さえてパーティから遠ざかった。父親が車で迎えにきた。父親はいつでも必ず迎えに行っていたが、黒い涙を流しながら嘔吐している娘を迎えることもしばしばだった。この日は、口を閉ざしたままティッシュペーパーの箱を差し出し、歯を食いしばって運転した。

長女は高校に上がったが、そこでもまた、食堂から休み時間の校庭まで暴れまくった。授業中に教師から厳しく叱られると机をひっくり返し、ついに退学処分となった。その年のあいだどんなに探しても、両親は娘の受け入れ先を見つけることはできなかった。唯一受け入れてもらえるところは費用がかさみ、距離的にもかなり遠いところにある学校ではあったが、やむなく転校させることにした。仕事に出かける母親と一緒に朝早くに家を出なければならなかった。車の後部座席には、子ども用の特別な椅子の上に、鈴のブーケを二つ手に持ったにこやかなクマが吊るしてあったが、曲がり角に差しかかると必ずこの鈴が音を立てた。長女はこの音が大嫌いだった。

ある朝のこと、子どもが熱を出し、草原の施設のほかの子どもたちに移してはいけないということで例外的に家に戻された。両親は子どもの熱が下がるまで自宅で世話をすることになり、母親は有給休暇を取って、娘を高校に送っていくのに子どもも車に乗せたが、長女は子どもの姿を見ないですむように、そそくさと前の座席に乗り込んだ。母親がラジオをつけて車内が音楽で満たされると、子どもが安心したようにため息を漏らすのが聞こえた。

道中、子どもがぐずり始めた。椅子に固定された身体が、ボアのアノラックを着ているせいでいつもよりきつく感じられたのだろう。母親は車を路肩に寄せてシートベルトをはずし、外に出て後部座席のドアを開けた。夜明け前の大きな空、朝露の匂い、湿ったアスファルト、小鳥たちのさえずりが車の中に入ってきた。まだ黒い山稜がばら色の空を際立たせていた。それでも長女は夜のほうが好きだった。母親がやさしい声で話しかけながら子どもを締めつけていたバンドを一つずつはずしていく音が聞こえた。バンドを緩めるためには、母親はいったん子どもを椅子から引きずり出す必要があったが、どこにおろしたものかわからなかった。全体重をかけてくる子どものお尻の下に片方の手を入れて支え、もう片方の手でバンドをいじくりまわしたが、子どもの身体がどうしても滑ってしまった。それでも長女は手伝おうかとも言わず、紫色の後光に包まれている山々の頂上をにらみつけたまま頑として動かなかった。母親は子どもを抱き上げてぐるりと回って反対側の扉を開けてシートにおろし、後部座席に戻って専用椅子のバンドを調整した。娘には何も頼まなかった。運転席でハンドルを握り直したとき、額には大粒の汗が浮かんでいた。母親はラジオのボリュームを上げた。

長女はボクシングジムを見つけて通い始めた。県道に沿って自転車を走らせなければならなかったが、それは危険で彼女にとっては最高だった。気配りの行き届いた祖母は、孫娘のために必要なものをそろえてやった。ヘッドギアをかぶって顔を輝かせ、腿を覆うキラキラしたショートパンツをはき、長女は祖母にテラスで技を披露してみせた。下段横蹴り、前蹴り、飛び蹴り、足払い（わざとではなく、子どものために作ったコンポートを入れたサラダボウルを壊してしまった）。急流の音をかき消すように妹は声を上げ、疲れ果てるまで続けた。籐の椅子に腰かけて、祖母はオペラでも観ているように拍手喝采を送った。

二人は最低でも週に一度は暖炉の前に陣取って、ポルトガルに関する本のページをめくった。祖母にとっては人生で一度きりの海外旅行で、ハネムーンで訪れた土地だった。祖母はひっきりなしにその旅行について孫娘に話をして聞かせて、いつも最後にはポルトガルの絵葉書から始まる古いアルバムを持ち出してくるのだった。祖母はマニキュアを塗った指で、南の岬を指し、「カラパテイラ」とささやいた。太平洋に面した、白い家が建ち並ぶこの村で観光バスがパンクした。祖母は、海のとどろき、樹木が服従の印のごとく幹を地面に傾けて這うようにしか育たないほどの暴風、そして背の低い家屋、干物にするために壁に打ちつけられたタコを思い出しながら語った。長女の大好物のオレンジ風味のゴーフルもその一つだが、祖母はお菓子のレシピを持ち帰り、五十年以上前から作り続けていた。カラパテイラ、長女は子どもの薬の一つ、リファマイシンよりずっと響きの良いこの言葉が大好きだった。いつかこの名前のタトゥーを入れたいと夢見ていた。

ある昼下がり、マルトとローズとジャニーヌがお茶を飲んでいるとき、長女の胸にある確信がよぎった。この女性たちには平和が宿っていると。何か大きな秘密を発見したように感じた。兄との関係もすべてがうまくいっていた時代、長いこと探していたザリガニをようやく見つけられたときのような驚きだった。黒くて小さな塊のザリガニは川底の小石に混じって進んでいくので見分けにくく、見つけたときには二人とも興奮してゾクゾクしたものだったが、そのときの感動と似ていた。祖母は途切れ途切れの話と、ブルーのアイシャドーを塗った目で、頭の半分を刈り上げて目の周りを真っ黒に塗った思春期の娘がすぐそこにいることに露ほども違和感を覚えていない友人たちにお茶を注いでいた。長女は年老いた女性たちとの違いをはっきりと感じた。穏やかに人生を受け入れる感情を失ってしまっていたのだ。植物と植物状態の世界、樹木に囲まれた環境と、横たわってただ生きているだけの子どものいる世界、その二つの入り混じる世界に生きていた。長女の時間はそこに集約されていた。突然、自分が祖母よりずっと年寄りのように感じてガバッと立ち上がったが、年老いた女性たちはたいして気にも留めなかった。ウォークマンのイヤホンを耳に差し込み、ボリュームを最大にして、シンディ・ローパーの「涙のオールナイト・ドライヴ」のリズムに合わせて、山に足蹴りを入れに行った。

　夜明けとともに母親の車で通学する習慣がついていたせいで、週末の朝も早く起き出した。床のタイルは冷たかった。がらんとした子どもの部屋を通り過ぎ、ものがたくさん置かれた兄の部屋の前を通り、妹は長いカーディガンを羽織って外に出た。ひんやりした空気が顔を覆った。白く立ち込める蒸気を吐き出しながら地面がくすぶっているのを見て、まるで自分の記憶を具現化しているようだと思った。この靄のように思い出のかけらを滲みだすだけで、立ち昇っていくことができない。急流の音だけが、目覚めと、そして、疾走するものの終わりなき競争を告げていた。道路沿いに根を下ろした山裾、腰を弓なりにした中腹。目の前で山が飛翔を始めた。橋の上に立ち、カーディガンにくるまれた腕を組み、空気を吸い込んだ。以前のように兄が横にいない悲しみが身にしみて、こんな朝を一緒に過ごせたらどんなに幸せだっただろうと思った。生きている人の喪に服すにはどうしたらいいのだろう。そう考えると、すべてをズタズタにしてしまった子どもに対する怒りが改めてこみ上げてきた。半開きになった口、息づかい、居心地の悪さや恍惚から漏れるうめき声が頭に浮かび、胸が悪くなったが、そこにわずかに憐れみが混じった。そして次の瞬間、すべてを押しつぶし、疑問もかき消してしまうほどの落胆に襲われた。橋の上で、妹はあふれ出した涙を拭った。

「どうしてマルトもローズもジャニーヌも、おばあちゃんの友達は私のことあれこれ言わないの？」

「どうしてって、あの人たちは寂しいからよ。で、寂しいとき、人はほかの人たちのことを批判したりしないの」

「いいかげんなこと言って。寂しくて意地悪な人なら、たくさん知ってるよ」

「だとしたら、それは不幸な人たちよ。寂しい人じゃない」

「……」

「オレンジのゴーフル、もっと食べなさい」


長寿の人々の身に起こることが祖母にも起きた。薄いキモノをまとった祖母は、朝食の時間に、クリとバニラの香りに包まれたキッチンで倒れた。その姿が発見されたのはお昼近くになってからだった。マルトかローズかジャニーヌの三人のうち誰かが家に立ち寄ったとき、玄関の格子の隙間から、粉々になったシュガーポットの破片と白い粉が散乱する床に、赤いマニキュアを施した祖母の手を見つけたのだ。

救急隊はすぐに断念した。すでに数時間前に息絶えていたと両親に説明した。

長女にとってこれは世界の終わりだった。兄にとって子どもが施設に入ったときと同じだった。

祖母の死を告げたのは母親だった。学校に迎えに行った帰り道、ハンドルを握る手を震わせ、夜のとばりに目を凝らし、娘の反応を懸念しておそるおそる言った。「おばあちゃんが今朝、亡くなった」長女は自分の心が指示した通りのことを口にした。「ノー」母親は驚いて、聞き違えたのだと思って聞き直した。ノーってなに？　ノー。

極度の意気消沈というのは、時折、そこに潜んでいるものとは逆の形をとって表に現れることがある。絶望が冷酷さに変わる。それが長女の身に起きた。強力なパンチ、衝動、煮えたぎる怒り、彼女の心の扉をドンドンと叩いていたこうした感情の動きは一瞬にして消え去り、寒々しい砂漠にその場を明け渡し、心は氷の薄い膜で覆われた。この一徹さは本能からくるもので、長女は石の塊となった。心はすでに剝ぎ取られていたし、もうどうにもならなくなっていた。彼女にとっては終焉だった。

足取りが変わったことに私たち石はすぐに気づいた。もはや急いでいるのでも昂（たかぶ）っているのでもなく、軍隊のような決然とした歩き方になった。足を安定させ、膝を硬直させ、顎を少し突き出し、規律に従うように歩を進めていた。中世の扉を開けるときは、正確なスローモーションでも見ているようだった。髪をかき上げる仕草からも苛立ちは消え、手が厳密な計画に従うかのように髪をつかみ、耳の後ろに押し当てた。こうした動作には疑いや感情から切り離された何か、決意が感じられた。

長女の変化は、父親が初めて自分を見失った晩に明らかになった。過度な感情は忍耐を摩滅させていくことを忘れてはならない。子どもの誕生以来ずっと、父親は家族を守ってきた。私たち石は、父親が深刻な面持ちで子どもをじっと見つめ、そして彼のために帽子を取りに行く姿を何度となく見てきた。とはいえほとんどの時間は、父親は冗談を言い、前向きに振る舞おうとしていた。あるクリスマスの晩、父親は子どものルームシューズの前に置かれたたった一つの小さな贈り物の箱を眺めたあと、こう言った。「まあ、良いことがあるとしたら、障がいのある子どもほど安く上がるものはないってことだな」父親が大笑いするとそれにつられて母親も笑った。

父親は薪を割る必要があるとき、電動ノコギリよりも斧を好んで使っていたが、それに気づいているのは長女だけだった。薪に八ツ当たりでもするように、汗だくになって、薪小屋の前で斧を振り下ろしていた父親を偶然、見てしまったのだ。両腕を高々と振り上げ、それまで聞いたこともないような、父親らしくない、しゃっくりと嗚咽の混じった恐ろしい唸り声を出し、全身の力を込めて斧を打ち込んでいた。薪は勢いよく割れ、破片が刃のように宙に縞模様をつけた。父親はセヴェンヌの男たちがそうであるように、小柄で筋張った身体つきをしていたが、この瞬間だけは、筋骨隆々の巨大な男に見えた。彼は薪にめりこんだ斧を抜き取ると、震える手で再び垂直に持ち上げた。

長女はまた、急流沿いのなだらかな小さな丘のいばらと交戦している姿も目撃していた。そのときもまた、草刈り機を投げ出して、オオバサミを手に戦闘準備を整え、まるで自然を罰するかのような恐るべきスピードで開いたり閉じたりしていた。娘を車に乗せてパーティから連れ帰るときのように、一点をじっと見つめ、口元を痙攣させていた。

それでも夜になると父親は再び愉快になり、ときには家族のためにオニオンのタルトやイノシシ肉の煮込みを作って、「この土地で生き延びていくためには、たくさん食べて元気でいないとな」などと言い、そのあと、協同組合の改築や古い製紙工場が美術館に姿を変えた最新のニュースを次々と話題にしていった。しかしそんなときでも、長女の心の底では、いつ父親が豹変して壁に料理を投げつけるのではないかという不安がくすぶっていた。

その晩、古い風車の横にキャラバンを停めて動かそうとしなかったハイカーがいた。頭にきた父親は、斧で薪に襲いかかるときと同じ獣のごとき唸り声を上げてその男の首根っこをつかみ、道路に投げ出した。これまでに何度も父親のこうした様子を見ていた長女は驚かなかったが、この父親の暴力で心に火がつき、長女は自分自身に発動命令を出した。早速、現状確認から始めた。父親が血を煮えたぎらせるのを見て、兄はかすかに眉を吊り上げただけだった。自分の母の死に打ちひしがれている母親は無表情のままだった。そもそも、祖母が亡くなった日から母親が話をしなくなったことにそのときになって気づいた。ハイカーが足を引きずり、復讐を口にしながら遠ざかっていくのを見ながら、長女は悲惨さがどれほどかを推し量ったのだ。子どもの青白い頬に顔を近づけて、「あんたは本当に悪の根源だよ」と言う自分の姿を思い浮かべ、すぐさま振り払った。すでにカオスと呼べる状況にさらなるカオスをつけ加える必要はない。もはや悲嘆に暮れている場合ではなかった。危機に陥った家族を救うべきときがやってきたのだ。父親は暴力的になり、母親は黙り込み、兄はすでに幽霊同然だった。いまこそ戦うべきときだ。彼女の胸の内に、有無を言わせぬ冷静沈着な力がむくむくと湧き上がった。それは、木々を根こそぎなぎ倒し、車を転覆させ、命をさらっていった、空から山への襲撃で経験済みの緊急事態だった。こうした事態に陥ったとき、人々は何をしただろう。木々をケーブルで固定し、水をスムーズに流すようにすべての堰を開放し、支えの壁まで作っていなかっただろうか。長女は、家族の崩壊を食い止める支えの壁を作ろうと思った。

そのためには作戦を立てる必要があった。問題点を書き出し、一つ一つの解決策を見つけて書き込んでいくために手帳を買った。課題一：兄は弟と一緒にいるときのほうが気持ちが落ち着き、幸せを感じるのではないか？　だとすれば解決策として、草原にある施設から子どもをより頻繁に連れて帰るよう提案してみようと思った。子どもが帰ってくる正確な日程を手帳に記し、それ相応に冷蔵庫の中をいっぱいにし、子どもの寝室を暖かくして、コンポートがなければヨーグルトを用意した。子どもに対する愛情からではなく、兄が気分よく過ごせるためならなんでもした。軍隊の作戦さながらに家族の再建プランを実行に移していった。効率が最重要だった。課題二：兄は孤立しすぎていないか？　妹は兄の行動を監視し、一人でいる時間を計って書き込み、自分で危険水準と定めた時間をオーバーした場合は、数学で解けない問題があるので助けてほしいなど、兄が断れないようなお願いをしに行って孤立を防いだ。本当はすでに答えがわかっていても決して口に出さなかった。課題三：兄はもはや長男としての役割を果たしていない？　物事の順序などどうでもよかった、すでにだいぶ前からすべてがバラバラになっていたのだから、彼女が兄を守ればいいのだ、役割を逆にすればいいのだった。課題四：真面目な生徒になれば両親は安心するだろうか、心配を一つ減らせるのではないか？　そこで妹は勉強を始めた。彼女の使命は、一番になって同級生を圧倒すること。そこからなんの満足も得られなかったが、ただ、両親の心を落ち着かせられたことで、箇条書きにした問題の一つを消すことができたのは嬉しかった。戦場で戦う兵士のように、現場の状況に目を光らせ、分析しつつ行動した。私たち石は、中庭で彼女がキビキビと椅子を引き、庭用のテーブルに平手打ちでも食らわせるように手帳をバシッと置き、ボールペンを紙に押しつけながら戦況を書き込んでいく姿を見ていた。私たちの目の前で、長兄が、両親が、そして彼らよりずっと昔に暮らしていた多くの人たちがそうしてきたように、私たちの賞賛を勝ち取りながら、長女は受け入れていた。人生で散々な目に遭い、問題と直面するたびにそれ相応のバランスを見つけ出す才能のある人たちの敏捷さだと人はいつか言うだろうか。試練を受けて苦労した人たちは巧妙な綱渡り芸人だと言うだろうか。

長女は戦いを続けるために余計なものを取り払っていった。化粧品は棚にしまい、美容院に通うのをやめた。家族の嵐をなんとかして鎮めたいのであれば、このままぶれずに同じ方向に突き進むしかない。これは指令だった。涙をグッとこらえて無関心を装うことを身につけ、家族との食事の時間はのんきなふりをし、高校の校庭では何も耳に入らないふりをした。鉄の規律を決めて、分刻みのスケジュールに従った。買い物をして、食事の支度をして、風車の近くに洗濯物を干した。母親に代わってこうして家事をすることで、十分でも一時間でも、その分、母親と言葉を交わし、母親がまた以前のように話し始められるように時間を作った。長女は母親とのおしゃべりのために、あるいは家族でテーブルに着いたときのために話題を手帳に書き込んで暗記していた。新聞にも目を通して、その日の夜のうちに家族に話題を振れるように地元のニュースを頭に入れておいた。そして、家族がどう反応するかを見逃さないようにして、結果を手帳に書きつけていった。寄生虫に荒らされたぶどう畑、シェンゲン協定、ツアーでこの地方までやってくるというブルース・スプリングスティーン、父親が欠かさず見ているテレビドラマ「コルディエ一家　判事と刑事」シリーズのあらすじ、早くも六月に襲ってくるという酷暑、村の出口に近々建設される観光案内所……母親が驚きを示したり、父親がコメントしたり、兄をイライラさせたテーマがあれば書き留めた。友達との告白ごっこはやめて、授業が終わるとさっさと帰宅し、家に招かれても断った。

最初のころは、長女の豹変ぶりに納得できない仲間がこぞって刃向かってきた。高校の正門の前でブンブンとエンジンを唸らせるバイクに取り囲まれ、バッグをかすめ取られたが、ボクシングジムで身につけたことが役に立ち、問題は面と向き合うことで片づいていった。彼女の敵は鼻をへし折られた。負傷した生徒の家族がひっきりなしにやってきて、両親は損害補償の裏工作に追われた。

しばらくすると静かに過ごせるようになった。友達の多かった長女の周りに誰もいなくなって、家族の崩壊を救うという使命だけが友達となった。もしこのとき誰かが、素敵な出会いが待っているよ、愛する人がバリアを取り払い、人生を楽しめるようになるよと逆のことを勧めたとしても、彼女は笑い飛ばしただろう。とはいえ、これはのちに現実となり、長女は気ままに生きることを教えてくれる誰かと出会うことになるのだが、このときはまだそうした奇跡が起こることなど考えもしなかった。

時折、祖母にもらったヨーヨーを取り出しては、すぐさま片づけた。気弱になるような要素は一切、取り込んではならなかった。お葬式のあと、一度も祖母の離れの家に近づかなかった。みんなから持っていたらどうかと言われた薄いキモノもいらないといって断り、オレンジ風味のゴーフルの味も記憶の外に追いやった。ボクシングジムに通うのもやめて、祖母が定期購入してくれていた雑誌も開かなかった。長女は、これまで何も読まず、何も共有してこなかった、記憶も人との関係も持たない人、未来を一つの目標と引き換えにした人になった。げんこつにした手に力を込めた指揮官のように、まっすぐ前だけを見つめていた。何かを期待することなく、耐え抜かなければならなかった。

数カ月が過ぎた。素早く行動し、言葉を節約し、感傷や迷いを締め出し、長女は性能の優れた動物となっていた。最後まで残っていた女友達まで失ったが、辛さはまったく感じなかった。美しい娘に成長していたが、物欲しげな視線は無視し、数人でつるんでいるグループを軽蔑し、近寄ってくる誰に対しても冷ややかな距離を取った。すべてが数字として弾き出され、その価値として割り出された。兄は一日のうちに二度以上笑ったか、父親が狂ったように斧をふるわなくなってどれくらい経つか、今週、母親はどんな言葉を口にしたか、食事中に交わされた視線はどんなものだったか、県会議員選挙の話はリアクションを引き出せたか、学期の終わりに及第点は取れるだろうか。復活の兆しも記録につけていた。世の中は彼女が淡々と手帳に書き留め、見積もられた収支そのものとなっていった。左ページには徐々に線を引いて消されていく問題のリスト、右ページには翌日に話そうとしている会話のテーマ。考えているうちに寝入ってしまい、枕には手帳が開いたままのっていた。

兄はこの時期、妹とは反対の動きを見せ始め、穏やかになり、少しずつ心を開いていった。子どもが長い休暇で戻ってくるとやさしく接し、以前のように寄り添って過ごす時間が増え、髪の毛まで切ってやっていた。長女は目標に達したことで喜びを覚えた。なぜ目標かといえば、彼女にとって希望はもはやなく、目指すものでしかなかったからだ。リラックスしている兄は実態のない幽霊でいたころとは違ってほほえんでいた。子どもに向かってではあったけれど、そんなことはもうどうでもよかった。兄は妹の長くなった髪やファンデーションをつけていない素顔も褒めた。妹は手帳に並んだ箇条書きを一行ずつ消していけると思い、胸をなでおろした。

妹は突破口を広げるための格好のチャンスとばかりに、兄を映画館に連れ出した。兄には言わなかったが、祖母と一緒に通っていた時代に座っていた端の席は避けた（「逃げ出さなきゃいけないとき、端っこにいたほうが便利だからね」と言っていつも端の席に並んで座った）。二人は今年のクロイチゴは巨大だったこと、ガソリンスタンドの給油係が村の美容師の女性と駆け落ちしたことについて少しだけ話し、学校の思い出にもポツリポツリと触れてみたけれど、おずおずとして、話が盛り上がることはなかった。

映画は甘ったるく、吹き替えもひどかったが、それは問題ではなかった。色を帯びて揺らめく暗闇の中で、彼女は突然、兄は子どもに対する心の傷から癒やされることはないのだと理解した。治癒する、それは苦痛を捨てることを意味したが、その苦痛は子どもが兄の心に植えつけたもの、いわば痕跡だ。治癒する、それはその痕跡を失うこと、子どもを永遠に失うことになる。それ以降、関係というのは同じ関係でも様々な形を取るのだと理解した。戦争とは一つの関係。悲しみもまた同じだ。

ある晩、妹は兄にモビレットで高校まで迎えにきてほしいと頼んだ。茜色の空にシワがよったような雲がたなびいている秋の一日だった。祖母がいたらその残虐さを予想したに違いないが、数日前、怒り狂ったような風を伴う雷雨がセヴェンヌ地方を叩きのめしたのだ。水かさが数メートルも増し、木々や車は押し流され、二名の行方不明者が出た。大量の水は、高いところに作られていたキャンプ場まで破壊し、アンテナ線を支えるケーブル、木材、温室もタマネギ畑も根こそぎ持っていった。村では、桟橋の商店のガラス窓が水で割れた。薬局の女性は注射器が水に漂っていたと話し、精肉業の男性はまともに使える機械がなくなってしまったと嘆いた。それでも幸いなことに、店に水が流れ込んで来たときにギリギリのところで、二階の住まいに続く階段に向かうか、あるいは裏手の扉に向かって走るか、その余裕があって助かったと商人たちは話していた。

こうした惨状の闇の中、妹と兄は家路につくことになった。木々はなぎ倒され、枝は泥土に覆われていた。宙に向かって投げ出された根っこはどこか淫らな印象を与えていた。まるで空から突然、二本の手が伸びてきて、ためらうことなく川を押し広げ、川岸を叩きつぶしてしまったかのように、川床は数メートルも幅を増していた。木々の幹も岩もなくなった河岸は、ただ大きな砂の広がりと化していた。モビレットの荷台に乗っていると、妹は木っ端微塵にされた地面の匂いを感じ、先史時代の動物たちの叫び、暗闇の衣擦れの音、原始時代の森のささやきなど、不思議な音を響かせる塊の中をかき分けて進んでいるような気がした。妹は兄の腰を強くつかみすぎないように気をつけていた。兄は慎重に運転していた。二人は押し黙っていたが、妹は心の中で、永遠に兄を失ってしまったのだろうかと自分に問いかけていた。誰がそんなことを決めたのかわからないけれど、もし失ってしまったのだとしたら、それを受け止めてやっていくしかない。喪失はいまや彼女の親友だった。二人は雷雨によって破壊された橋の前を通った。欄干の一部が水にさらわれ、穴の空いた弓形を描いていた。まるで人食い鬼がやってきて橋に嚙みつき、かじった跡を残していったように見えた。まさにこのとき、この切り取られた橋を通ったときに、妹はこれから自分はどうすべきか、その確信を得た気がした。

次の長い休暇で家に帰ってきた子どもはまた一段と身体が大きくなっていた。常に横たわっている体勢のために口蓋肥大を引き起こし、歯が乱雑に生えて歯茎も腫れていた。今回は彼の障がいは目に明らかだったが、自分でもとても驚いたことに不快感はまったく覚えなかった。子どもからうまく逃げながら過ごすことに変わりはなかったが、この夏は、子どもとの関係を結び直そうとする兄を観察して過ごした。不安もなければ妬みもなく、かつてのように自分の存在を押しつけようともしなかった。夜は準備しておいた会話のテーマが功を奏し、兄が最近のニュースについてコメントしたり、父親がタマネギの収穫について話し始めたりした。妹は兄の顔をしげしげと見つめ、子どもとそっくりであることに改めて驚かされた。兄は大きくなった子どもそのものだった。

兄は友人たちと数日の予定で出かけたが、ある朝、突然帰宅し、コーヒーの香りのする居間に現れ、リュックサックをドサッと置いて階段を駆け上り、子どもに会いに行った。しばらく子どもの部屋に閉じこもっていたが、妹には兄が渦巻き模様の施されたベッドにかがみ込んでいる様子、兄が胸の内で期待していることが手に取るようにわかった。その日を境に、兄の表情は穏やかになった。手帳の課題からまた一行線を引いて消すことができた。兄はまた子どもの身体を洗い、水辺に連れて行って、モミの木の下に寝かせた。妹は遠くから二人の様子をうかがっていた。陣地を見守る指揮官のような観察ぶりだった。兄はどのタオルを敷いてうたた寝をするのか、横たわった子どもの頬をなでるために兄は何度上体を起こすのか、ペットボトルの水は持ってきたか、モミの木の幹にモンスズメバチが巣を作っていないことを確かめたか。あらゆることが整然としていた。兄は気分が良さそうだった。妹は手帳を開いて、さらに一行消した。家族を再生させるという彼女の使命は順調に果たされつつあった。一方で、これほど心が頑なになってしまったいま、自分が再び感情を取り戻し、それを表に出すことなど、もはや不可能なのではないかとふと心配になった。

その不安は葬儀の折に打ち消された。

口をつぐんで歩く小さな一団に先導されて墓に向かって山を登りながら、長女は自分の身体がしだいに硬直していくのを感じた。寒くて、寒くて仕方なかった。冷気にすっぽりと覆われ、四肢は麻痺し、胸苦しさを覚えた。兄がいつも子どもを毛布でくるんでいたのを思い出し、自分が寒さのために苦しむ番がやってきたのだと思った。子どものように、寒さの罠にかかっていた。パニックに陥った。血液の循環を良くするために指を動かし、足を地面に叩きつけた。急流に飛び込んだときのぞくっとする感じとは程遠く、じわじわと皮膚に嚙みついてくるような、焼けるような感覚に近かった。

不調を隠しつつ、石に目を据えて歩いた。私たち石が少しでも彼女を元気づけられたらよかったのだが、誰が私たちに耳を貸すというのだろう？　カチカチの石が人々の硬直した心を和らげるという矛盾を誰も知らない。だから私たちは雨宿りの場所となり、ベンチとなり、子どもたちが投げて遊んだりするものとなり、道路となって、最善を尽くして人々を助けている。俯(うつむ)いて歩くこの若い娘のことも、私たち石は精一杯、見守った。足早に、身体を震わせながらぎこちなく歩を進める彼女の足元で、砂利が砂のように軋んだ。

墓地はおとぎ話に出てきそうな荘厳な背景の中にポツンとあった。最初に長女の目に飛び込んできたのは、草に触れそうなほど長くしなったコナラの枝だった。続いて両親の足も見えたが、あまりにぴったりとくっついているので一人の人間のものかと見まがうほどだった。そして、小さな墓を囲む、先の尖った背の低い鉄格子で視線が止まった。この鉄格子が何かを突き破ったかのようだった。これまでの歳月が堰を切ったように長女の頭に降りかかってきた。すべてが急激に押し寄せてきた。子どもが生まれたときの喜び、頬のビロードのような感触、羞恥心、子どもから逃げていた自分に対する恥の念、子どもを持ち上げようとして手を離してしまったあの日の屈辱、バスタブに浸かっているときのか弱い身体、中庭に置かれたクッション、かわいい弟の息づかい。そう、子どものことを、私のかわいい弟、と初めて胸の中で呼んだのだった。そんなふうに呼びかけるのを見たら祖母はどんなにか喜んだことだろう。込み上げる感情の激しさに息を吸うのも苦しくなった。下のほうから川の流れる音が甘くささやくように聞こえてくるのに気づき、このとき初めて、川の音は無関心ではなく、許しをささやいているように聞こえた。川の音は、長女に向かって、自分を解放して自由になっていいんだよと言っていた。長女は、地面につきそうなほど頭をガクッと下げた。皆が唖然として口を閉じた。墓掘り人たちまでが作業をする手を止めた。感情を徹底的に抑圧し続けてきた妹の、この悲しみを目の当たりにして、兄は胸を衝かれて歩み寄った。私たち石は、兄が妹のほうにやってくるのを見ている。妹の肩を抱き、名前を繰り返し呼んでいる。折り曲がった身体を起こそうとするができなくて、二つに折れたままの身体を胸にかきいだく。私たち石にはもはや震える長女の背中しか見えない。妹が兄に、しゃくりあげながらやっとのことで言う。「元どおり、に、なる、ためには、あの子は、死な、なきゃ、なら、なかった」そこで兄は手をおろして妹のおでこに当て、いままでは自分も涙に暮れながらもほほえんで、妹の頭に顎をのせ、やさしくささやいた。「そんなことないよ、ほら、あの子は死んでもぼくらを結びつけているんだ」

第三章　末っ子

「赤ちゃんが生まれるの」両親はそのニュースを電話で伝えた。おそるおそる言葉を選びながらだったが、その必要はなかった。長男は街に住んで経済学部の勉強に励み、長女はリスボンの大学に通っていた。

長男も長女も家を離れているので、母親が真夜中に起き出し、ソファに両膝を立て、丸いお腹を抱えて座っている姿を見ることもなかったし、母親が悲惨な出産の悪夢に苦しんでいることなど考えもつかなかった。綿毛で覆われたような夜のしじまに目を凝らし、転ばないように足を踏ん張りながら山の中へ突き進んでいく母親の様子も目にすることはなかった。亡くなった子どもの診察をしていた医師の前に夫婦で並んで座ることになったとき、母親が父親の手をぎゅっと握り締めたことも知らなかった。二人はグレーのゴムの床の、同じ病院で、数年前と同じ懸念を胸に抱えていた。生まれてくる子どもは元気だろうか？　夫婦の胸の内には、これから彼らが与えようとしている命、その人生を台無しにしてしまうのではないかという苦悩で結ばれた、傷を負った両親の大いなる期待が潜んでいた。

医師はエコー写真を見ながら、すべて順調ですよと両親に告げた。「すべて順調」何年も前から家族の誰もこの言葉を口にしてこなかっただけに、聞き間違えたのではないかと思ったのか、あるいは、正確に理解しようとする勇気がなかったのか、両親はもう一度言ってくださいと頼んだ。医師はほほえんだ。彼らに起こったこと、それは本当に悪い偶然というしかない出来事だった、しかし反面、四十代に入った女性が再び妊娠できたのは、これは大きなチャンスだと。不運もあったけれど幸運に恵まれた、結果的にはこれで釣り合いが取れるんです、医師はそう言いながら扉のところで彼らを見送った。医師は感動している様子だった。診察のあいだに医師は、今後受けなければならない検査について母親に説明し、重々に注視すべき妊娠ではあるけれど、万が一奇形があれば超音波検査でわかるほどに、十年来この分野は目覚ましい進歩を遂げていると話した。そして咳払いを一つしてから、彼らの三番目の子どものＣＴスキャナーの折に、実は伝えなかったことがあったと言った。「ほかの子たちと違う子どもを持つというのはとても困難な試練です。多くの夫婦が別れてしまうんですよ」

そして、その子は生まれた。男の子だった。

一家の末っ子となった。

悲劇のあとに生まれた。よって、彼は悲劇を作り出してはならなかった。

模範的な赤ん坊だった。あまり泣くこともなく、窮屈や煩わしさにも順応し、一人にされることも雷も怖がらず、なんでもいやがらずにがんばる子で、両親の慰めとなった。前に生まれた子どもの埋め合わせをするかのように、完璧な息子だった。

彼の幼少期には常に成長を気にする痛々しい緊張感が漂っており、それは誰の目にも明らかだった。母親は時折、キッチンの端っこの果物皿にのっているオレンジがよく見えるかと訊いた。「うん、もちろん見えるよ」と彼は答えた。そうすると母親は、過去の大きな悲しみに引っ張られて遠くへ行ってしまった笑みが戻ってきたように、にこっとするので、末っ子は母親がほほえみ続けていられるようにオレンジの詳細について話すのだった。柔らかそうで、色は濃くて、まん丸ではないよ、リンゴの上にやっとのことでのっかっていて、オレンジは落ちてしまうと思っているけど、でも一生懸命、落ちないようにしているよ、と。母親はそこでようやく声を出して笑った。

末っ子は安堵のため息に包まれて育った。壁には、初めて一人で歩いたとき、初めて言葉を発したとき、初めて何かをしたときの写真がぎっしりと貼られていて、こうしたすべての軌跡が安心につながり、心の平静を呼んだ。末っ子は元気だった、それを裏付けるように、彼は歩き、話し、目が見えていた。それらは、証拠として写真に収められた。

末っ子は一人で成長していったのではなかった。彼自身にもそれはわかっていた。亡くなった子の影とともに生まれてきたのだ。この影が人生を縁取っていたが、その影とずっと一緒にやっていくことになった。選択肢のないこの二重性に対して抵抗するどころか、逆に、共存することを自分の人生に組み込んでいった。自分の前に障がいのある子が生まれ、十歳まで生きた。その場に実際にいなくても、家族は家族だ。

末っ子はしばしば子どもらしくない本能に突き動かされて深夜に目を覚ました（この家庭はもはや誰一人まともに眠れなかった。睡眠は苦痛の鋳型のようなもので、そこにはそれぞれの形状があった）。末っ子は起き出し、自分が感じたことは当たっていたと思うのだった。父親が火の消えた鍋の前で本をめくっていたり、あるいは母親が、視線をさまよわせながらも何も見ていない虚ろな目をして、ソファに腰を下ろしていたりした。そんなとき末っ子はとりとめのない話をするために横に腰かけた。クワの葉のお茶を飲んだらどうかとすすめて、学校のこと、組合のトラックが起こした事故の話などをした。病気の子どもに寄り添うように両親を守った。自分の役割ではないのだろうけれど、違和感は覚えなかった。運命というのは役割を逆転させるのが好きなのだと感じていたし、それならば受け入れるべきだと思った。文句を言ったり反抗しようとしたこともなかった。物事はこのように決められていたのだ。末っ子には深い思いやりがあった。彼は一筋の光を見るとほほえんだが、それは私たち石にも向けられているように感じられた。石にほほえみかける？　そんな人がいるはずがない、無邪気すぎると多くの人は思うだろうけれど。しかし私たちは、そこに、やさしさの品格、ためらうことなく心を開こうとする勇気、人になんと思われようと変わらぬ、貴重なやさしさを感じ取った。このやさしさからくる強さが末っ子に自立心を持たせ、つまらないことには動かされない、自分の直感に自信のある子どもにしていた。こんなふうに防御手段を身につけた彼は、勇敢な家族を、自分の生まれた不思議な家族を、傷ついてはいたけれど何よりも愛する家族をすすんで受け止めた。だからこそ、まずは両親を気づかっていたのだ。

彼らの関係性は穏やかで力強いものだった。三人で繭に包まれているような環境を作り、傷跡の形をした日々をゆっくりと時間をかけて紡いでいた。末っ子の肩には再生という言葉がのしかかっていた。それは重くもあり、同時に満足感をもたらしてもくれた。それが彼に与えられた場所だった。

父親は時々、なんの前触れもなく末っ子の髪をくしゃくしゃとなで回すことがあった。そこには、まるで末っ子が去っていくのを見ているような、そして引き止めようとしているような、恐れが潜んだ唐突さがあった。それは、彼の生まれる前には苦痛があって、後にはそうした恐れはあってはならないからだった。末っ子は両極端の中間にいた。新しい出発であると同時に連続性であり、離別と同時に将来への希望だった。末っ子の髪はあの子どもの髪ほどフサフサではなく、目は子どもほど黒くなくて、まつげも子どもほど長くなかった。障がいがあったのは子どものほうだったのに、それがなんであれ、末っ子は子どもよりいつも「少ない、劣っている」と感じていた。とはいえ、亡くなった子どもに対して心から好意と好奇心を抱いていた末っ子には辛い思いなどまったくなく、それどころか、実際に会えるならどんなことでもしただろうと思うほど会ってみたかった。そもそも、両親と共有していた時間はほかでもない末っ子自身のもので、その時間は彼とともに生まれたものだ。いかなる記憶も持たず、小さな亡霊の痕跡もついていないものだった。末っ子は自分の居場所を奪われたようには感じていなかった。

父親は末っ子を雨除けの下に連れて行って、そこで薪を切った。電動ノコギリの音は空気を断ち切っているように聞こえた。末っ子は刃が薪の表面に触れて、そしてバターの中にでも入っていくようにめり込んでいくのを見るのが大好きだった。切られた薪が地面に落ちるとこもった音がした。次の幹を父親が鉄の台に乗せるあいだに末っ子は背をかがめて切られた薪を自分のほうに引っ張ったが、三角をなして突き出た枝は顎のように見えた。それから彼は手押し車を押して薪小屋に向かい、虫に食われた扉をくぐり、乾燥させるために薪を降ろしながら、まだ自分がこの世に生を受けていなかった一九九〇、一九九一、一九九二と記された札を夢見心地で眺めた。

父親と末っ子はツバなし帽を被り、手袋をはめて、修繕のために出かけて行くことがよくあった。補強する、かさ上げをする、傾いているものをまっすぐにする、こうしたことが二人は大好きだった。漆喰を使わない石壁を築き、川に降りていくための階段を作り、開き戸を取りつけ、手すり、樋、小さなテラスを組み立てた。日曜大工専門の大きなホームセンターを二人で歩き回った。瓦屋根と正面玄関のついた草原の一軒家が写ったポスター（完璧な屋根組みを誇張していた）の前を通るたび、末っ子は父親が身体を緊張させるのに気づいた。それを見て、草原にある一軒家というのが亡くなった子どもと何かしら関係があるのだろうと思った。母親がコンポートをこしらえているときにも、父親を包む空気がほんのわずか張り詰めるのを感じた。ある日、ホームセンターの駐車場で、近くにいた一人の女性がたたんであったベビーカーを広げたときも同じだった。装置が瞬く間に作動して、ゴムの車輪が地面でバチッと音を立てると、父親はまるで別世界から届いた音を聞いたように驚いてピクッとした。一瞬、父親の視線が、広げられたベビーカーの音の出所を探して駐車場をさまよった。そこに座らせようとした子どもを探したに違いなかった。そしてすぐに正気に戻ったように視線を落として、回転ドアを抜けて店の中へ入っていった。末っ子はこのシーンを、ほんの数秒のあいだに起きたことだったが、何一つ見逃すことなく見つめた。彼は見抜いたのだった。

新しい道具でトランクをいっぱいにして帰る道すがら、末っ子と父親は、これから二人で一緒に作り上げていくもの、その日々に対する希望で満たされ、幸せな沈黙を味わった。道が村へと差しかかるころ、父親は突然、末っ子に質問をした。

「手でネジ立てをするのに必要な道具は？」

「タップ」

「何回続けて回す？」

「三回」

「どのタップで？」

「先タップ、中タップ、上げタップ」

「上げタップの見分け方は？」

「柄に線がないやつ」

それでおしまい。父親は運転を続け、末っ子は窓から外を眺めていた。


末っ子は会うことはなかったが、祖母の持っていたノウハウを継承していけるようにとの願いを込めて、二人は段々畑の一番日当たりの良い土地に竹を植えた。彼らの動作は柔軟で、正確で、調和が取れていた。音のないバレエでも踊るように石や道具を渡しあった。目に汗が流れると、父親は擦り切れた手袋をはめたまま拭った。大地を貫くような太陽の光線を見て、地面が放射線状に広がっている理由がわかった気がした。山が父親と末っ子、その二人の周りを見守っていた。山は叫び、軋み、弾けるように怒り、笑い、ささやき、とどろき、ゴロゴロ、サラサラと音を立て、数えきれない音色とともにその姿をさらしていた。もうこの世にいない子どもも聴覚は持っていたのだから、こうした音を感じ取り、山は魔女か中世の貴婦人、やさしい人食い鬼か古代ギリシャの神、あるいは意地悪な獣だと心の中で受け止めていただろう。

末っ子にとって山は身近な存在で、自分は山と結ばれているという意識があった。人間の仕事を無に帰することも、段々畑を崩壊させてしまうことも、木々が岩の上に生えて農作物を台無しにしてしまうことも認識していた。山の過酷さは理解していた。それでも、四月にはキンポウゲが黄色い滴を草に撒き散らし、七月になればカケスがイチジクをついばみに来て、十月には地面に落ち始めるクリを人が拾うことも知っていた。石を持ち上げるときにはいつも、その下でうごめいている命に心を配った。石のあったところにできた丸みが空洞を作って隠れ家の役割をすることを私たち石から学んでいた。トカゲたちが安心して卵を産めるようにと、少なくとも十五センチの深さの穴を掘り、平たい小石で覆うこともあった。とりわけダンゴムシが好きだったが、それは危険を察知すると身を丸くするからだった。彼はこの反応が大好きだった。怖くなったら縮こまる、これは理想的に思えた。人間も本当はダンゴムシの真似をしているのではないだろうか。スレートの色をした小さな玉を見つけると手のひらのくぼみにのせて、しばし息を止め、湿った地面にそっと置き、忍び足でそこから立ち去った。

末っ子は自然に対して限りない敬意を抱いていた。石は動物たちの痕跡を残し、空は鳥たちにとって巨大な避難所であり、そしてなんといっても川にはカエル、ヘビ、アメンボ、そしてザリガニが住んでいる。末っ子は一度もひとりぼっちだと感じたことはなかった。子どもが生きられないだろうと言われていた時間まで生きていられたのは、ここでこうした自然に囲まれていたおかげだと考えると合点が行った。その子と知り合えていたとしたら、その子と一緒にこうしたすべてを共有していただろう、山に完全に受け入れてもらえていただろう。

夜は両親と三人で夕食をとった。彼はなんでもない言葉や、一緒にいること、あるいは声を聞くためだけに交わされる言葉が大好きだった。そこにいない人たちの傷口を縫い合わせ、穏やかな沈黙で彼らを幸せにするやさしさが漂っていた。コップの水が少なくなるとお互いに注ぎ合い、肉ののった大皿とライ麦パンを回し合い、地元のチーズのペラルドンはどうかとすすめ合った。時折、「そうなの？」「レスペルーの景色はやっぱりきれいね」「イラクサ、そりゃ触ったら痛いよ」「モザルグ家のみんなはやさしいね」こうしたさりげない言葉が挟まれた。末っ子はある晩、前の日に買ったダブルミキサーの話題をあえて口にした。刃の回転数が一分に四百五十回だけれど、それで十分だっただろうかと。実は、末っ子はクリップを探すために姉の机の引き出しを開けたときに、「会話のテーマ」で埋め尽くされた手帳を見つけてしまったのだ。ページの上に書かれていたそのタイトルに驚かされた。自分たち三人でとる夕食の時間には「会話のテーマ」など必要なかった。末っ子はこの一件で密かな満足感を得たが、それは傲慢さではなく安心から来るものだった。家族の関係がスムーズであることは明白だった。回復期の、幸せな穏やかさがあった。

三人の会話には長男と長女がしょっちゅう登場し、その場にはいないけれど二人はまるでそこにいるかのようだった。世の中に出現したばかりの携帯電話のおかげで気軽に連絡し合えるようになり、遠く離れて暮らす彼らの最近の様子も容易に生き生きと思い描くことができるようになった。長男はある企業で良い地位を手に入れて、スーツを着てバスに乗って出勤し、アパルトマンに住んでいた。意中の人はおらず、恋もしていなければ、友達もほとんどいなかった。両親は壊れやすいクリスタルの花瓶でも扱うように慎重にその話題に触れた。

長女はいまでもポルトガルに暮らしてはいたが、ポルトガル文学の勉強には飽き飽きしていたようで断念していた。父親は、長女は学校を好きになったことが一度もなかったと確信した口調で言った。その代わりにフランス語の個人教授を始めようとしているようだった。長女はよく外出した。アパルトマンは狭い坂道に面していて、その通りにはレコードショップがあって、以来、そのレコードショップは彼女の人生の一部となった。電話の回数が減っていったところをみると、本気で恋をしているようだった。母親はほほえんで「姉さんは生まれ変わっているのよ」と言った。この瞬間、末っ子は、生まれ変わるためには、一度は死んだような思いをしたはずだと思い、自分が生まれてくる前に家族が乗り越えたことの深刻さを垣間見た気がした。

うわべは完璧に見えても、末っ子には聞きたいことがたくさんあってじりじりしていた。障がいをいつ知ったのか、兄さんは一日じゅう何をしていたのか、どんな匂いがしたのか、家族のみんなは悲しかったのか、兄さんは何を食べていたのか、目は見えたのか、歩くことはできたのか、考えることはできたのか、痛かったのか、みんなは辛い思いをしていたのか。

心の底で末っ子は子どものことを「ぼくのほとんどのぼく」と呼んでいた。その子が分身であるかのように、よく似ている誰かのように感じていた。言葉に代わるものとして感覚しか持たず、誰を痛めつけることもせず、ダンゴムシのように身を丸めて縮こまっている人。

末っ子は子どもがそばにいないことが寂しかった。一度も会ったことがないのに恋しくなるなんてありえないと思った。一度でいいから、子どもの匂いをかいで、触れてみたかった。そうすれば家族のみんなと同等になれて、子どもに対して抱いている深く、真摯な興味を満たすことができただろうに。子どもがどんなに弱々しい姿だったとしても、たじろぐようなことはなかったはずだ。末っ子は弱いものがなんでも好きだった。弱い者からは批判されないと感じていたからだ。でもなぜ批判されることを恐れていたのか、それはよくわからなかったが、唯一考えられるのは、他人の目がその子をのせたベビーカーに向けられたときの、または、普通の人たちが勝ち誇った様子を見せたときの、上の兄さんや姉さん、そしておそらく両親が覚えた恥ずかしさ、この恥があまりに深く、罪悪感を与えるものだったために（恥ずかしい恥、と彼は心の中で思っていた）、自分の血の中にもその感覚が生まれながらに受け継がれているのだろうと思った。末っ子は子どもを抱いて守ってあげたかった。自分が生まれる前に亡くなってしまった誰かの不在をこんなにも惜しむなんてどうしてなのだろう、そう思うと、めまいがするようにクラクラするのだった。

両親の寝室のベッドの横、母親側のランプの上に一枚の写真が掛かっていた。中庭の日陰で大きなクッションに横たわっている子どもの写真だった。下からレンズを向けたカットで、おそらく長男が地面近くから撮ったものと思えた。クッションには厚みがあって、その上に置かれた骨ばった膝は湾曲しているようだった。両腕も開かれていたが、こぶしは赤ん坊のように固く握られていた。あまりにか細い手首を見て、末っ子は、雪に覆われた小枝のようだと思った。横顔はほっそりとして、青白く、丸い頰の上に長くて黒いまつげがあった。褐色のフサフサした髪の毛。写真の下のほうに、ぼんやりと手が見えたが、末っ子には姉のものだとわかった。

それはある日曜の午後に撮られた写真で、背景にある山々は壁の向こう側で肩をそびやかし、太い首を青い空に向けていた。安らぎに満ちた写真だったが、同時に歪んだ何かを感じさせた——子どもの両足か、後ろに倒れすぎた首か、あるいは運命か。

寝る前に母親におやすみなさいのキスをしにいくとき、末っ子はおずおずとその写真に目をやった。本当はじっくり眺めたかったけれどできなかった。母親はなんでも聞いてねと言ってくれていたのだが、心の中に留めている質問が多すぎて口にするのを断念してしまうのだった。母親を傷つけたくないというのが真意だった。質問をしていろいろと思い出させることで「オレンジが見える？」と聞いたときのあの悲しそうなほほえみが再び母親の顔に浮かぶのを見たくなかったのだ。それに、もしその子が亡くなっていなかったら、それでもぼくは生まれていたのかな？　と質問してしまうリスクを避けたかった。だから末っ子は母親を抱きしめ、首のくぼみに顔を埋めて、口に出さずに、目を閉じて、愛していること、助け合っていくことを誓った。

学校での彼の成績は抜きん出ていたが、勉強自体はそれほど好きではなく、枠にはめられて面白みのない、少しばからしいものに思えていた。ただし、歴史の授業だけは別で、心の底から興味を持って没頭できる唯一の科目だった。歴史の年代ならなんでもすぐに記憶できた。細かいニュアンスや人目に触れぬ隅っこのこと、人々のメンタリティまで身近に感じられる時代が好きで、ことさら中世にはのめり込んだ。当時の人々が鐘や剣に名前をつけて呼んでいたと知ったときにはその気持ちに共感を覚えて嬉しくなった。なぜなら末っ子も石に名前をつけていたからだ。子どもたちの想像力とはそういうもので、私たち石は頼んだこともなかったが、それぞれにアイデンティティを与えてくれて、壁を顔写真入り紹介リストにでも変えるように、コスターヌ、オートクレール、ジョワイユーズと呼んでその響きで楽しませてくれた。

小学校では入学してから卒業するまで、バイキングの時代から第二次世界大戦の直後まで、変わらぬ情熱を持って歴史を勉強した。新しい時代の始まる最初の日づけには強烈な幸福感と、未知の国に足を踏み入れていくような高揚を覚えた。自分の暮らす国とは違う話し方、食べ方、考え方、広さの感覚、人々の様々な感情を発見し、学んでいかなければという気持ちになった。歴史というのは見知らぬ大陸への旅だったが、そうはいっても、現在の彼自身と深く響き合うものでもあった。自分が生まれる前に描かれた、世の中の構想を映し出す巨大な民俗舞踊の輪に入り、手と手を取り合って踊りながら歯車の一つとして動いているように感じていた。過去の星の数ほどの命と、これから生まれてくる尽きることのない命とのあいだに自分はいるのだ、という感覚が大好きだった。そう考えると自分はもう末っ子、最後ではないと思えるからだった。時折、彼は私たち石の上にうやうやしく、先祖の遺品にでも触れるように指先をそっと置いた。考えてみれば当然だった。石は歴史の形見だ。こうした思いについては、末っ子は誰にも言わず胸に秘めていた。

末っ子は一本の境界線が自分と同い年の子どもたちとを隔てていると感じていた。人間的な厚みや深みに彼は非常に敏感だった。視線、憂鬱、期待、劣等感、密かな愛、恐怖を見逃さなかった。動物のように他人を感じ取った。しかし感受性の強すぎる人は罠にかかりやすいとわかっていた彼は、友達から拒否されるのを恐れてあえて子どもらしく振る舞うように注意していた。

すぐに孤立している同い年の男の子がいるのに気づいた。別の山あいの村からやってきたのだろう。もしくはこの土地に引っ越してきたばかりなのかもしれなかった。いずれにしても、誰も彼を知らなかった。末っ子はほかの子どもたちがその男の子を観察する様子を見て、仲間はずれにされるのではないかと心配になった。すでにその男の子は、ほかの子たちに取り上げられたマフラーが、丸められてボールのようにパスされているのを追いかけていた。両手を伸ばして飛び上がってみるが、高すぎた。マフラーは末っ子の手の中に落ちた。自分に向かって走ってきた男の子を助けてあげたかったが、末っ子は気持ちとは逆のことをした。大勢に従ったのだ。末っ子がほかのグループに向かって力いっぱいマフラーを投げると、男の子はUターンをしなければならず、その結果、滑って転んでしまった。男の子は負けたことが悔しくて泣き始め、すぐには立ち上がれなかった。一方では意地悪な歓声が校庭を駆け巡った。

この光景が末っ子の脳裏にこびりついて離れなかった。夢にも出てきて飛び起き、階段を下りて、真夜中に道具の雑誌をパラパラとめくっている父親（これは普通のことだった）の横に腰かけた。末っ子は校庭で起こったこの一件をいまいましく感じて自己嫌悪に陥った。もし自分がリチャード獅子心王だったら、決してあんなふうには振る舞わなかったはずだ。男の子の泣き声がはっきりと聞こえた。まるでその子が居間にいて、すぐ後ろに立っているかのように。その瞬間、末っ子は、当然のこととして、翌日は自分らしく行動しようと心を決めた。そこで教室に入る前にチャンスをうかがい、その子が姿を現すと、自分が巻いていたマフラーを広げてほかの生徒たちの目の前で差し出した。「裏切り者」という声が耳に押し寄せてきたのと同時に、男の子が受け取るのを拒んだマフラーが大きなリボンのようにドサッと廊下の床に落ちるのが目に入った。末っ子は「この子の友情を勝ち取れなかっただけでなく、ほかの子たちの友情も失った」と思ったが、心の底ではそれほど驚いていなかった。自分はほかの子たちとは違うし、変わった男の子とも違うのだと思い知らされた。それを自覚するべきときがきたのだ。慎重に行動していかなければならなかった。

末っ子の頭の中には誰も思いつきそうにない疑問が渦巻いていた。校庭は石壁で道路と隔てられていたが、彼はその石壁の前に立ち、割れ目を塞ぐにはどうしたらいいのかと考えながらいつまでも動かずに留まっていられた。壁を一緒に作ったときに父親が使っていた言葉、控え石、土台石、飼い石、つなぎ石といった大好きな言葉に思いを巡らせた。石に額をつけて、「垂直に横になる」ためにもっともっと石に近づきたいと思ったが、がまんした。人に親切にしたくなっても、マフラーの一件でのミスを挽回しなくてはならないことを思い出し、ぐっとこらえて集団に混じった。同級生たちがボールで遊んでいれば、一緒にボールで遊んだ。ほかの子どもたちを警戒していたので、抜け目なくみんなに溶け込んで、烙印を押されることを避けた。ときには彼らのすることに賛同してみせ、休み時間の校庭を盛り上げ、食堂で順番待ちの列についているあいだ、頭の中で十字軍の遠征路を暗唱していることはひた隠しにして、あえて優等生のイメージを壊すような大胆不敵なこともした。末っ子が唯一許せないのは不公平だった。どんなに寛容な性格とはいえ、それだけはがまんできなかった。ある日、同級生たちがまたしても例の男の子にこぞって襲い掛かったときは敢然と立ち向かい、やり過ぎはいけない、ひとりぼっちをいじめてはいけないときつく注意した。落ち着き払った、冷ややかな声は、同級生たちの血気を鎮めた。この一件で末っ子は、本人としてはどうしてよいかわからなかったけれど、リーダーのオーラさえも勝ち取った。誰にも打ち明けることはなかったが、彼はこの瞬間、人とは違う兄に群がってなされた悪の一端をわずかに見た思いだった。

　末っ子は集落の家に仲間を誘った。同級生たちと、例の男の子も。両親にとっては、上の子どもたちが友達を呼ばなくなって久しいだけに、まるで初めてのことのように思えた。母親は何リットルもの飲み物を買い込み、父親は竹馬を作った。例の男の子が、竹馬に乗せた足をあきれるほど硬直させて大の字に倒れてしまうと、末っ子はほかの子どもたちが笑っているのも耳に入らぬほど、思いやりが込み上げてくるのを感じた。男の子が立ち上がるのに手を貸し、Tシャツについたほこりを払ってやった母親も同じ気持ちだったはずだ。母親はほほえんでいた。母親が幸せそうにしている限り、悪いことは何一つ起こるはずがなかった。母親は子どもたちの立てる雑音に酔いしれ、子どもたちのお腹を満たしてやり、アイデアを出して遊ばせた。両親はいつから自宅に子どもたちを迎えてこなかったのだろう。両親は末っ子の誕生祝い、学校の学年末のイベント、通信簿、アーチェリークラブへの登録（弓を引くには、まっすぐに立ち、見て、つかんで、理解しなければならないが、これはすべて亡くなった子どもができなかったことだ）、こうしたささやかな出来事を歴史的瞬間のような規模で喜んだ。試練ばかり色濃く残る日々を過ごしてきただけに、平凡なことがパーティのような華やかな様相を帯びるのだった。末っ子はおかげで普通以上に良い思いをして、もてはやされもしたが、同時に、それは彼を苦しめてもいた。自分のことを強奪者のように感じていたのだ。彼は密かに兄に向かって謝っていた。兄さんの場所を奪ってしまってごめんなさい。普通に生まれてきてごめんなさい。兄さんは死んでしまったのに、生きていてごめんなさい。

ベッドに横たわったまま過ごす朝があった。うなじの力を抜いて、ゆっくりと膝を曲げ、マットレスの表面に触れるまで両手で押しつけた。末っ子は子どもの中に忍び込んでいくようにして、彼が感知していたのと同じことを自分も感じてみたいと試みていたのだ。視線を宙にさまよわせ、かすかな物音、川の立てるタフタの衣擦れのような音、屋根裏部屋のオオヤマネが何かをかじるカサカサいう音に耳を澄ませて、母親に呼ばれるまでじっとしていた。

長男と長女は長い休暇になると帰省した。末っ子は父親と成し遂げた仕事のあれこれを二人に見せた。回転砥石を使って包丁を研げるようになったところも見てもらいたくて薪割り小屋に呼んだ。回転のスピードを上げると二人がわずかに後ずさるのに気づいて嬉しくなり、ほらっと言って、よく尖った刃先を見せた。

「片づけておけよ」と長男はやさしく言った。

末っ子は長男と長女と過ごす時間が大好きだった。数週間後に彼らが帰るとホッとしたのも事実だが、それは自分の繭に包まれたような生活を取り戻せるからだった。長い休暇のあいだは普段の環境を失い、家族の中心ではいられなくなったが、それは当然のことと受け入れていた。何をするにも末っ子は二の次となったが、だからといっておとなたちの会話にずかずかと口をはさむような真似はしなかった。一時的なものだとわかっていたので、嫌な思いをすることもなかったし、しかも、長男と長女は、自分の知り得ない辛い時間を経験してきたのだから、それを考えただけでも、二人に時々場所を譲るのは自然なことと思えた。それに末っ子は、はつらつとしてきれいで、美味しいものに目のない姉の膝の上で甘えるのが好きだった。長女はポルトガルから彼の大好物のレシピを持ち帰り、オレンジ風味のゴーフルを作ってくれた。これを作らせたら右に出る者はいなかった。巨大なエレベーターと修道院のある黄色と青の街から、そこに住むにこやかで明るい人々のフィーリング、新しい言語、普段とは違う時間の使い方、いつもとは別の空気も運んできた。末っ子のことを「私のかわいい魔法使い」と呼んだ。

長女は末っ子にとてもやさしかった。誰にも触れない長男とは正反対で、しょっちゅう彼の頬にキスをしていた。うなじをつかんで自分のほうに引き寄せ、消え去ろうとしている誰かを引き止めるように、ぎゅっと強く抱きしめることもしばしばだった。

山歩きをしているとき、長女は「私が小さかったころはね」と言って話し始めることがあったが、そんなとき、末っ子は胸が締めつけられた。幼かったころの姉を見てみたかった、一緒に過ごしてみたかった。いまはもういない子どもが自分で、姉にとってたった一人の弟だったとしたらどんなによかっただろう。家族の歴史にはたくさん穴があった。でもだからこそ、過去に欠けている部分があるからこそ、歴史を勉強するのが好きなのだ。

末っ子は改めて、自分は決して味わうことのない特別な時間、自分なしで家族が歩んできた険しい道のりがあったことを思い知った。そして苦痛も。家族の胸の内にいっときも離れずに住み着いているというのに、自分にとっては計り知れない苦しみについても、察することができた。

彼の生まれる前は、長男と長女、そして次男しか存在しなかった。生きていようが死んでいようが、先に生まれたきょうだいに変わりはない。末っ子は受け継がれていく命の鎖の端っこにやってきたのだ。

姉にならい、自分たちの兄弟である子どもについて質問することができた。障がいをいつ知ったのか、兄さんは一日じゅう何をしていたのか、どんな匂いがしたのか、家族のみんなは悲しかったのか、兄さんは何を食べていたのか、目は見えたのか、歩くことはできたのか、考えることはできたのか、痛かったのか、みんなは辛い思いをしていたのか。

二人は縦一列になって、お互いを見ないようにして羊飼いの道を歩いた。長女は腹を立てて山に八ツ当たりでもしているかのように道を踏みつけながら前進した。末っ子は怒りと、そして力強さを感じ取っていた。長女は瞬く間にポルトガル語を身につけたおかげで仲間に囲まれ、読書をして、出会いもあって、音楽も聴いて、リスボンのバーならすべて知っていた。生きることも、人生が変化していくことも楽しんでいた。テラスに腰かけてコーヒーを飲みながら、自分を背景に溶け込ませて、人々の表情や行き来する様子を眺めるのが好きだと言った。なぜなら、人は過酷なまでに苦しむことがあるけれど、群衆というのは自然と同じように鈍感で尊大で自給能力があるからだと。群衆というのは山と同じで、何があっても気にかけない。長いこと、長女はこの無関心に怒りを覚えていたが、いまとなっては、そう考えると癒やされた。なんの批判もなく受け止められていると感じるからだった。長女は弟に、大自然の営みというのは謝罪もしない代わりに裁くこともないのだと説明した。

長女は時々、ポルトガル語の言葉を織り込みながら話したが、末っ子はこの言葉の持つ、丸みを帯びて少しだけ鈍い音が好きだった。言語には歌うようなもの、耳障りなものもあるけれど、そうした言語とは逆にポルトガル語は胸の内側に向かって発せられるものに思えた。メッセージが唇を通り越して出て行く前に、言葉を発する人の心の中に戻っていき、口が音色、響きを喉のほうに飲み込んでいた。そのせいでどんな言葉も完全な形で口から出ていくことはなくて、孤独の虜になった内気な人たちのように、言葉はその本来の明快さとは無関係に、身体の中の熱い部分へと早く戻りたがっていると感じるのだった。心の深奥にある内省的な言語。末っ子は、ほかの言語だったら姉は話せなかっただろうと思った。

長女は末っ子の質問に答えた。川べりの平たい石の上に頭をのせた子どもの顔、その横で本を読んでいた長男、修道女のたくさんいる草原の施設、鉤型に曲がった両足、窪んだ口蓋、ビロードのような頬の感触、霰粒腫、痙攣を伴う発作、デパケン、リボトリール、リファマイシンという名の薬、オムツ、スミレ色のコットンのパジャマ、ほほえみ、混じり気のない幸せそうなか細い声、他人の刺すような視線、そして末っ子には知りようのないあらゆる瞬間について話してくれた。目の前に自分の歴史が描き出され、末っ子は自分がどこからきたのかを認識していった。薄いキモノを着た祖母のこと、カラパティラ、ヨーヨー、風に服従する木々、海のように広い心についても話してくれた。そうかと思うと、長女は末っ子を叱ることもあった。ダンゴムシを探していつも石をひっくり返して、のろのろしていたからだ。

二人は羊飼いたちが出発するフィゲロル、ラジョン、ヴァラン峠、ペルシュヴォン峠、マルモールから山歩きを始めた。長女はイノシシの巣穴を見つけ、穴が掘られた場所によって、どこから吹いてきたどんな風だったのかを特定することができた。イノシシの寝床が地中海側の斜面にあるとしたら、それは凍てつく北風から身を守るためのものだった。

長女の話を聞いていると、実際にそこにいるように風を感じ、祖母が話している様子やその知識の深さを想像することができた。

小川を横切り、白いヒースの咲き乱れる中を廊下でも作るようにかき分け、石ころだらけの地面を転びそうになりながら進んだ。時折、イバラで皮膚を引っ掻いたが、二人ともどこに足をつけばいいのか、どうやって呼吸を整えるのかを知っていた。ついに高原に辿り着き、両腕を大きく広げた空に迎えられ、山を背にして見渡す限り自然が開けているのを目にすると、末っ子は気持ちが軽くなって、頭の中に渦巻いていた様々な質問からようやく解き放たれた。そう、目の前のパノラマと同じようにシンプルで明快なのだ——末っ子はここにいて、子どもはもういない。別に芝居がかった気持ちからでもなく、寂しさからでもなく、そう思った。ぼくはここにいて、きみは別のところにいる、それは仲間としての気づきだった、これこそがぼくらの関係、ほかにはあり得ない絆だ。

羊小屋の軒下や、ほとんど放し飼い状態の牛たちの目の前で昼食をとることもあった。思い出すたびに、鐘の音やヤギの鳴き声、馬のいななき、散策する人たちを乗せた馬のひづめの音が蘇ってくる魔法のような時間だった。動物たちの発する音、そして匂いも（エニシダ類、湿った土、藁の匂い）。末っ子はこうして自分の感情と感覚とを連結させずにはいられなかった。何世紀もの長いあいだ、同じ音、同じ光、同じ匂いがここにあったと考えると胸がワクワクした。世の中には古くならないものもあるのだ。中世の巡礼者がいまここに戻ってきたとしても、澄んだ黄金色が空中を流れるような秋の同じ一日を過ごしたことだろう。黄色い葉をつけた紡錘形のポプラの木々がたいまつのようにそびえ立ち、叢林(そうりん)はおびただしい数の赤い水滴のように広がり、山は緑の斑点のあるオレンジ色のマントを羽織っていた。末っ子はたった一度の散策で、十月の移りゆく時間が身にまとう、人を狂乱させるような様々な色を発見した。ふと、生ぬるいクリームの匂いを思い出し、幼い子どものバブバブ言う声、竹馬でやっとまともに歩けたときの少年のほほえみが頭に浮かんで一瞬目を閉じた。そして、満足したお腹に力を込めて立ち上がり、そろそろ行こうと姉にサインを出した。二人は再び歩き始めた。歩行に合わせて姉の華奢な肩が上下するのを、背中でフサフサする髪が跳ねるのを見ていた。

帰り道、石の上に生えたヒマラヤスギの前を通った。ほっそりと、孤高な姿で空に向かってそびえていた。長女は足を止めて言った。

「この木はね、生きたいと願っているのよ」

そして横を向いた。末っ子は秋の赤銅色の空気に包まれた姉の横顔を見た。

「あなたのようにね」

長女は何をするのも素早く、ものごとの飲み込みが速く、愉快で、やりたいことがたくさんあった。まるでそれまで生きることに飢えていたかのように、人生にキスの嵐を送っていると彼には思えた。そして、恋に落ちたとき、姉はその話に移る前に長い沈黙を置いた。そのあいだは呼吸に合わせた規則的で安定した足音だけが聞こえてきて、しばらくするとまた声が戻ってきた。レコード屋で出会ったという青年のことを話し始めた。彼は彼女のことを待ち望んでいて、理解して、修理してくれた人だという。愛する人に不幸が起きるのではないかと常に不安を抱えることなく、人は誰かを愛することができる。失うことを恐れずに与えることができる。訪れるかもしれない危険に怯えながらこぶしを握りしめて生きることなんてできない。この愛が私に教えてくれたこと、私たちの兄さんが学ばなかったこと、と姉は言った。人生を放棄してしまった私たちの兄さん、と最後につぶやいた。

こうした山歩きから帰宅すると、末っ子の頭はいつも少しぼうっとしていた。長女の言葉が、お茶が煎じられるように、何日もかけてじわじわと胸に浸透していった。彼は時間の流れるままにしていた。夜、夕食のテーブルについている長男を、末っ子は違う目で見るようになった。長男の静かな仕草、穏やかさは別の意味を帯びて見えた。幼い末っ子である自分のことをほとんど無視している兄が、子どもにかかりきりだったなんて想像できなかった。ある日、父親がスープをよそっているときに、末っ子は出し抜けに兄に向かって、どうして本を読まなくなったのかと訊いた。長男は悲しげにフッと笑みを返しただけだった。子どもに対しては、悲しげな笑みで答えるだけなんて、そんな返事の仕方は一度もしなかったはずだ。そこで末っ子はさらに踏み込むことにした。思い切って言ってみた。

「livre（本）とlibre（自由）を分けるのはたった一文字しかない。もう本を読まなくなったのだとしたら、兄さんは完全に閉じこもってしまったことになるんだよ」

　父親の持っていたおたまが宙で止まった。長女と母親は目配せをした。長男は驚いた様子はまったく見せなかった。ほんのわずかだけフォークを押しやり、怒りのこもった目で顔を上げた。声は厳しかった。

「ここには閉じ込められた子どもがいたんだ。ぼくらに多くのことを教えてくれた。だから、説教じみたことは言うな」

　末っ子はスープ皿に鼻を突っ込んだ。テーブルの周りを子どもの幽霊がさまよっているように感じた。この一件がなければ幽霊というのがこんなにも重々しい存在感を押しつけてくるなんて考えもしなかっただろう。末っ子は胸の中で、現実にはいなくなった子どもに向かってささやいた。「適応できなかった誰かがこれほどのインパクトを持つなんて…

……魔法使いは、きみのほうだ」

末っ子はしばしば胸の内で子どもに話しかけるようになった。無意識のうちにやさしい簡単な言葉を使い、赤ん坊を揺すってあやすように説明したが、それは無理をしているのではなく自然に出てくるものだった。リチャード獅子心王の死、騎士たるものの名誉の掟などについて教えてあげた。遠くからは、末っ子が子どもに話しかけているなどとは誰も気づかなかっただろう。自分の目に映る光景についても話した。一つの色と一つの音を比較し、自分の感じていることを余すところなく伝えた。理解されているだろうという確信を持って、秘密の世界を子どもに語った。規格外の知識は規格外の人間としか分かち合えないと彼は思っていた。子どもに実際に触れることができるなら、どんなことでもしただろう。それほど子どもに触れてみたかった。子どもの粉雪のような肌の丸い膨らみ、頬と頬を寄せてじっとしていた長男の様子は長女が何度も聞かせてくれた。末っ子は頭の中で、透き通るような上半身、青く静脈が浮き出たこぶし、華奢なくるぶし、一度も使われたことのないバラ色の足の裏まで思い描いた。いまでは書斎となっている子どもの部屋に入っていくことがしばしばあったが、そこには両親が捨てずにおいた白い渦巻き模様の施されたアイアンベッドが置かれたままになっていた。マットレスの子どもの頭が置かれていた位置に手を置き、そして目を閉じると、歌うような、混じり気のないか細い声が立ち上り、かすかな笑い声が聞こえてきた。首をじっとり湿らせた汗の匂い、オレンジの花の香り、煮込んだ野菜の匂いもした。彼には、まさにこの瞬間に手を動かせば、子どもの肌とフサフサの髪に触れられるのだろうとわかった。そんなことをしたら、兄はきっと失神してしまっただろう。末っ子の目には涙が浮かんでいた。

ある日、末っ子は母親に、スミレ色のコットンのパジャマはどこにあるのかと訊いた。なぜそんな細かいことまで知っているのかと困惑しながら、母親は、長男が持っていったと答えた。

末っ子は日に日に感受性が鋭くなっていった。山の色彩を眺めていると次々と突飛な詩が生まれ、光は叫びに変わった。夏は午後八時になっても日差しが斜めに地面を照りつけ、あまりに鮮烈で、耳を塞がなければならないほどだった。日陰はチェロの奏でる一節になった。そして香り、憎らしいほど心を奪う香りは消え失せた歌を蘇らせることができた。いまは亡き兄も同じ香りをかいでいたのだろうか？　まちがいない、だって嗅覚は機能していたのだから。何を吸い込んでいたのだろう？　それを知ることは決してないだろうと思うと、末っ子は自分の目に映るものならなんでも兄のために描写したいという抑えきれない欲望に駆られた。分かち合いたいという思いと愛情が胸に湧き起こり、目に見えるものを伝えるためのとてつもない力が満ちてくるのを感じた（そしてこの瞬間、長男も同じように反応していたのだと思い出した。姉が、長男は子どもにすべて描写してやっていたと聞かせてくれた）。スミレ色、白い色、黄色を見ると、雄しべ雌しべの香り高い世界へと呼び込まれ、匂いはやさしい愛撫となり、場所の記憶を蘇らせた。何度も自分を呼ぶ母親の声で現実に引き戻されるまで、末っ子はうっとりとしていられた。母親にも、自分を取り巻く世界が喚起することについて伝えたかったが、これはゼニアオイ、あれはレンギョウ、サルスベリと言いながら花壇を指し示すことしかできなかった。激しいオーケストラとなって爆発するスミレ色も鮮やかな黄色もクリーミーな白もそれを表す言葉は一語としてなく、ただゼニアオイ、レンギョウ、サルスベリという平坦な音声の繰り返しで消えていくのだった。「すごい記憶力！　なんでも覚えているのね！」と言って母親はそれでも驚いた。「そうじゃないよ」と彼は答えた。「ぼくは何も忘れないだけ、覚えているのとは違うんだ」

末っ子が同世代の子どもたちより秀でているのは誰の目にも明らかだった。「末っ子なのに一番なんて、ありえないです」彼は心理カウンセラーにユーモアを交えて言った。長女のときのように、両親はほかの子どもたちとの相違を感じて心理療法を受けることを提案したのだ。しかしカウンセラーは末っ子のこの発言を思い上がりと受け取った。末っ子としては、ほかの部分は普通に成長し続けている一方で、九歳ではなく千歳かもしれない部分が自分にはあって、そのせいで友達と大きな隔たりができてしまっているのだとなんとかして伝えたかったが、わかってもらえないようだった。実際に彼自身、ほかの子たちと違いすぎると感じていた。憐れみや美しいものに鈍感な同級生たちがうらやましかった。ワシの飛翔を見ても、騎士王を喚起するものに接しても、食堂のおばさんにほほえみかけられても、なぜ誰も反応しないのだろう？　世の中の出来事がなんの音も立てない、なんの響きも生まないなんてありうるのだろうか？　マフラーを奪った同級生たちとそれ以来一緒に遊んでいるあの男の子さえも。ほかの子どもたちは、彼の目にはあまりに自分たちの世界に閉じこもりすぎで、それでもあまりに気ままますぎるように見えた。結局のところ、末っ子は魔法使いだから仲間はずれにされるのだった。

　長女とその話をしたくて、復活祭の休みをジリジリする思いで待った。しかし新しい恋人と旅に出た彼女は帰省しなかった。うなじに置かれた姉の手を思い、末っ子は恋しくてたまらなかった。そこで彼は長男にすがろうとした。心の底では長男と二人もいいなと感じていた。大きな傷を負った者でないと、こうしたことを理解できない。ところが彼は、一人で散歩に行くと言って席を立った。

末っ子はあとをついていった。長男は遠くまでは行かず、川べりの、小石が平らないつもの場所に着くと足を止めた。腰を下ろし、交差させた両腕で膝を抱きかかえ、そのまま動かなかった。木陰から様子を観察していると、末っ子の胸の内に嫉妬心が湧き起こった。「もしぼくも障がいがあったら、そしたら、兄さんはぼくにきっとかまってくれていただろう」と。そしてすぐさまそんなことを考えた自分が恥ずかしくなって目を伏せた。

夏の終わりのある晩、長女から電話がかかってきた。受話器を置いた母親の顔が蒼くなっていた。テーブルにつき、咳払いを一つして、長女が妊娠したと告げてから、「検査は良好で、すべて順調ですって」とつけ加えた。父親は立ち上がり、妻を抱き寄せた。末っ子はこのニュースにショックを受けた。姉からもう愛されなくなると思ったのだ。生まれてくる赤ちゃんに自分の居場所を取られてしまう。これからはその子が再生の印となっていく。その子が誕生することによって、それだけで、自分の役割を奪われてしまうのだ。自分はもうなんの役にも立たなくなる。末っ子は立ち上がると、かごの中のオレンジを一つ手に握りしめ、扉を開けて、中庭の私たち石に向かって思いきり投げつけた。

末っ子が反抗的な態度を見せたのはこれが最初で最後だった。なぜならキッチンのほうを振り返ると、両親の不安におののいたような顔が目に入ったからだ。末っ子はその瞬間、二度と繰り返さないと胸の中で誓った。

その年のクリスマス、大きなガラス窓の内側の熱気をあとにして、きょうだいは中庭に集まった。年老いた叔父たちが亡くなり、いとこたちには子が生まれていた。例年通り、楽器の演奏、賛美歌、ご馳走でにぎわっていた。

三人は束の間その場から逃げ出して、身体をぶるぶる震わせながら、いとこの一人がカメラを調節する前で、私たち石を背にして立った。長女は笑みを浮かべ、片手で長男の背中をさすり、もう片方の手で末っ子のうなじをつかんだ。そして、三人はレンズの前でポーズを決めて動作を止めた。シャッターが押されて三人は一枚の写真に収まった。

長女。丸く突き出たお腹を両腕で抱え、頭を横にかしげている。バラ色の唇、広いおでこ。かすかな笑み。グレーのタートルネックのセーター。肩につく長い髪。

長男。腕を組んで正面を見ている。何を考えているのかわからない表情だが、繊細な鼈甲のフレームのメガネをかけたまなざしは穏やかだ。ほっそりした肩、経理部長らしいシャツ。短くカットされた褐色の髪。

末っ子。レンズに向かっていまにも歩き出しそうな、突き出した胸。にっこりと抜け目ない笑顔を見せる丸い顔。切れ長の目、矯正器具をつけた口元。明るい色をしたボサボサの髪。

三人ともクマのある、ややアーモンド形の大きな目をしており、あまりに暗い色なので瞳孔が虹彩(こうさい)に溶け込んでしまいそうだ。

焼き増しした写真をそれぞれ一枚ずつもらった。末っ子は写真を手にしたとき、一家の写真にはいつも同じ人数の子どもがいると思った。ただ、三人目が変わったのだと。

その後、末っ子にとって初めての姪が生まれると、長女と末っ子は再びハイキングシューズの紐を結んで山歩きに出かけるようになった。ひんやりした空気の中、よれよれになった地図を広げて、到達すべき峠に顎を向けて歩いた。羊飼いの道を長女に先導されて進みながら、末っ子は、障がいのある子が生まれてこないか心配ではなかったかと訊いた。「不思議なことに、なかったわ」と姉は答えた。「そもそも、サンドロとのあいだではっきりと決めておいたことがあったの。万が一、妊娠中の検査で問題が見つかったら、そのときは生まないということ。それに、怖くなかったのは、最悪の経験が恐れを遠ざけてくれたからだと思う。実際に乗り切ったことだからそれがわかるの。どう反応すべきか、どう行動すべきかも知ってる。恐怖って未知からくるのよ」長女と話していると、イメージや音を伴うことなく言葉はすらすらと流れ、言葉そのものであり続けた。とてもシンプルだった。初めて母親になったこと、新しい国、新しい愛についても訊いた。長女にとって何もかもが新しいことだったが、新しさが恐れを生み出すことはなかった。でも、赤ん坊を育てることに不安はなかったのだろうか、赤ん坊の世話の仕方をどうやって身につけたのだろう。「十年間、うちには赤ん坊がいたでしょ、私はあまり近寄らなかったけれど。ねえ、人は、自分以外の人については、その人の努力しか記憶に留めないものよ。結果が不完全であれどうであれ、それは取るに足らないこと。努力だけが人事なこととして最後に残るの。あのね、サンドロの両親は彼が幼いころに離婚したの。父親は貧しくて、たった一部屋のアパルトマンで暮らしていた。それでもサンドロは、父親がどこからか探し出してきた仕切り用の衝立や、木箱とスポンジで作ってくれたベッド、幼い息子にささやかなスペースを作ろうと努力してくれたことをいまでも忘れない。こういう努力って、冷蔵庫にキャビアだけ残してあとは家を留守にしている父親よりずっと価値があるでしょ。私は自分の子どもには、こうした努力をする心の準備ができていると感じたの、両親が私たちにしてくれたようにね。その先はうまくいくかどうかなんてわからないけれど、それは問題じゃない。大切なことはほかのところにある、やると決めたこの欲望の中にあって、それが友情や愛や関係を作っているの」そういえば、長女は結婚に踏み切ろうとはしなかった。「なぜって、カップルって世間が信じ込ませようとしていることとは逆に、もっとも偉大な自由空間なのよ。仕事とか社会的なつながりと違って、規範から逃れられる唯一の範疇なの。しょっちゅう喧嘩しながらも一生添い遂げる二人、穏やかな暮らしの中で幸せをつかむ人たち、子どもがほしい人、ほしくない人、貞節を何よりも大切にする夫婦、些細なこととして取り合わないカップル、いろいろな形がある。多くの人たちにとっては平凡なことが、ほかの人たちには異常と映ることもあって、その逆も然り。なんの決まりもないし、カップルの数だけ基準があるの。これほどの自由を公式の枠に収めようなんて考えられないわ」憤りを感じているのか、くぐもった声になっていた。どんな奇跡のおかげで長女の人生はこんなにもエネルギーに満ちたものになったのだろうと末っ子は思った。ずっと大変な時期を過ごして来たのに、たったいま花開いたようにこれほど勢いよく飛び出せるなんて、どこで弾みがついたのだろう。

　末っ子は長女が話すのを聞いているのが大好きだった。姉も自分と、そして長男と同じように、千年の人生を送っているように思えた。おかしなきょうだいだと思って一人で笑い出し、それを伝えると、彼女も笑った。少なくとも彼にはそう思えた。この羊飼いの道では長女の背中しか見えないから、末っ子が勝手にそう思っただけかもしれない。山の中を進むときは誰もが一人きりだ。ここに住む人たちは彼らの通る道に似ていると思った。

末っ子の日々は山で暮らす少年の時間にふさわしく過ぎていった。極寒の一月でも遊んでいる最中にうっかり川に落ちた。風車の裏でその春一番に生まれた子猫たちを見つけた。イノシシ猟の印であるバイカルのショットガンの銃声を聞き分けた。キツネ、アブラコウモリ、アナグマの行動を観察した。秋にはポプラが紅葉して一夜にして葉を落としてしまうその変化に驚嘆した。ビロードのカーテンのように降りしきる六月の雨の生暖かさを感じた。父親と一緒に、昨シーズンに作った石壁を積み直した。川べりで枯れ枝を集めて焚き火をすると、炎が枝から空気を追いたてて楽器のようなメロディを奏で、末っ子は九月の天に向かって燃え盛る火の周りで踊った。

時が流れても変わらないものもあった。

末っ子の成長にはいつも自然が寄り添っていた。山は日を追うごとにますます彼を感嘆させ、何かを感じるとき、触れるとき、匂いをかぐとき、子どものことを考えていた。音に集中しようとしばしば目を閉じた。「かわいい魔法使いくん、きみがいなかったら、ものをよく見るために目を閉じるなんて考えもしなかったよ」子どもは目には見えない相棒だった。その相棒は末っ子の胸の中に住み着いていた、そういうことだったのだ、そこにはいなくても、故郷そのものとして存在していた、だから末っ子はいつも子どもの元へ戻る必要があったのだ。

ほかの子どもたちとの隔たりを隠すのが以前にも増して難しくなっていた。山は偉大なる歴史を生き抜いてきたこと、その内在性こそが彼を動揺させること、そして死者は完全に消えてなくなるわけではないこと、こうしたことをどうやって彼らに説明したらいいのだろう？　山のうごめく生命は何世紀も前から変わらず、動物たちの微細な動きの一つ一つに死者の記憶が刻まれていることなど、どうやって伝えたらいいのだろう？　わかってほしいと思うのは望みすぎだ。ほかの子どもたちには野生動物が違いを見分けるのと同じ能力はあった。ある日、生物の先生が、解剖の実験をするので魚を一匹持ってくるように言った。末っ子はビニール袋の中でジグザグに泳ぐマスを持っていったが、魚屋にこぞって買いに行ったほかの生徒たちは、末っ子を見て呆然とした。ほかの子どもたちには、彼にとっては生きている魚しか存在しないことがわからなかった。

末っ子は言葉を創り出した。羊飼いはムトニエ（羊職人）となり、自分自身のことはレヴィスト（夢見主義者）と呼び、ブローズ色（ややブルーがかったローズ色）が存在して、動詞の活用には内的未来というのが加わった。彼はこうした思いがけない発見については、かつて子どもの寝室だった部屋で、マットレスの頭がのっていたところに手を置き、声を潜めて子どもに向けてしか話さなかった。言葉を暗唱すると、一つ一つの音が蝶や蛾、クサカゲロウ、小さな生き物となり、ベッドの白い渦巻き模様の周囲を飛び回った。末っ子は、この奇跡は兄のおかげだと感謝していた。

末っ子はなんでもよく覚えて、なんでもよく理解して、テストも早々に終えてしまうので、余った時間を使い、静まりかえった教室の中、新しい言葉を考え出してはひっそりと書き留めた。この優秀さのため彼はいじめに遭うようなこともなかった。競争心のかけらもなく、ほかの生徒たちが書き写せるように宿題の解答を進んで見せてしまうほどだった。そのうえ彼にはユーモアがあり、それが最良の盾となっていた。人真似をしたり、演じたり、状況を風刺してみせたり、自分を物笑いのタネにしたりして、そうすることによって、ひねくれ者たちの警戒心も解いて最終的には笑わせることができた。こうして彼は同級生の自宅に招待され、どんなパーティにも欠かさず参加したが、集落の自宅に来てもらうのはしばらくのあいだはやめておこうと思っていた。そんなことをすれば神に対する冒瀆をするのと同様になってしまうのは明白だった。素人たちは魔法使いの王国には適応できるはずがなかった。

人と違うという自覚は末っ子をいっそう子どもに近づけていった。自分自身、このありえないような関係を面白がっていた。気がおかしいわけではなかった。とはいえ、亡くなった子どもと話をしているときだけが、唯一、自分を偽ることなく自然でいられる場所なのだという事実をしっかり認識する必要があった。動物と接するときも同様だった。コウモリがいきなり末っ子の頭に飛びかかってきても決してあわてなかった。道路の真ん中で迷子になっているヒキガエルをちょっと踏んでしまったときも、幼い姪っ子たちが怖がって騒いでいる横で末っ子は落ちついていた。キャアキャア叫び声がするたびに、ヒキガエルはその場に固まったまま潤んだ目をキョロキョロさせた。ヒキガエルはこの騒々しさが不快なのだと思った末っ子は、姪っ子たちがビクビクしながら見ている前で、カエルの背中をそっとつかみ、怖くてもついてくる彼女たちを従えて、川べりまで降りていって水に放してやるのだった。

輝くような朝の始まりには、鳥たちのことを思って心から嬉しくなった。水辺に腰を下ろし、目を閉じて鳥のさえずりを聴いた。こんなとき長女は自分の娘たちに、いまは彼のことを邪魔しちゃダメよと言った。その理由として「休んでいるんだから」とも「ゆっくりしてるの」とも言わずに、「息をしているんだから」と言った。

末っ子はやはりなんと言っても姉が母になった姿を見られるのが嬉しかった。小さな身体を包み込むような仕草を観察していると、自分の兄の世話をしていた手の動きがどんなふうだったかを知ることができた。首の襞に潜む匂い、握りこぶし、新生児の立てるかすかな音、口に入ってきたものをすする音、しゃっくり、うめき声、不規則な呼吸も、そうか、こういうことだったのかと腑に落ちた。末っ子は赤ん坊の腕の動きが、バリ島の伝統舞踊に似て揺らめくようにゆっくりとやさしく動くこぶしが大好きだった。歴史上のどんな戦士たちも、バリ島に住む人々のようにやさしく踊ることのできる小さな人間だった時期が一度はあったのだ。末っ子は、姪っ子たちが初めて発した言葉を聞いて、よちよち歩きで前に進もうとする感動的な姿を見た分、家族が経験してきた苦悩についてより深く理解できるようになった。どんなに辛かったことだろう。兄の身体は発育していったというのに、皮肉な傷の中で、まるで時が拒否しているかのように、乳飲み子の段階に留まっているのを見る心労とはいかばかりのものだったろうと。

しかし長女が末っ子に言ったことに嘘偽りはなく、長女は子育てに関して何も心配していなかった。熱も、咳も、ひゅうひゅういう息も、発疹も、下痢も、彼女がそれまで冷静沈着に切り抜けて来た同じ冒険に属しているようにこなし、思慮深い責任感のあるサンドロは、よくやってくれている妻に任せていた。ひょっとして、女の子だけだから、一目で男の子だった子どもとの違いがわかるから、亡くなった幼い少年の喪失感とは切り離されたところで、育児をスムーズにこなせていたのかもしれない。おそらく。それにしても、長女は子育ての要領を知っているように見えた。動作、言葉、子守唄を長女はすでに身につけていた。ただ、末っ子は時々、姉には自分の娘たちと一緒に空想の赴くままに楽しむ自由さが欠けているのが残念だと思った。恐れも疑いも持たない兵士のような長女だからこそ、時には羽目をはずすことがあってもいいのにと。しかし、偶然に見つけてしまった手帳のことを思い出して口をつぐんだ。末っ子は長女を賞賛していた。すべてを経験したいま、彼女は怖いものなしのようだった。

末っ子も、もう何も怖れるものはなかった。自分の居場所が失われることはなかった。長女には、自分の子どもたちに与えることによって末っ子から何かを取り上げてしまうことがあってはならないという繊細な思いやりがあった。二人には山歩きをしながら話をする時間があった。姉に敬意を払っている末っ子はそれ以上のことを要求しようとはせず、何一つ口を挟むこともせず、姉は自分自身が思い描く親でいるのが一番だと思っていた。たった一つだけ、山歩きのあいだに質問したことがあった。子どもたちの手を引く代わりにうなじをつかむのはなぜなのか、それが知りたかったのだ。なぜいつもうなじなのか、やさしくなでてくれるときもそうだが、長女が触れるのはいつもうなじだった。このときも羊飼いの道を縦一列になって歩いていたので、長女の背中から答えが返ってくるまでに数歩必要だった。

「ある日、あの子を抱っこしようとして、両腕で抱えてみたの、そしたら頭が後ろにガクッと倒れて、首がグラグラ揺れた。怖くなって抱えていた手を離してしまったの。そしたら、赤ん坊用の椅子の生地の上で頭が跳ね上がった。私にはこの、蝶番をはずされたようなうなじの恐ろしい記憶が残っているの。グラグラして、落ちて、そして頭ごと前に倒れて子どもの上半身が横に傾いた。つかむことさえできなかった、身体のもろさを証明するように、あまりに華奢で、操り人形のひもみたいに繋がれているだけのうなじ、万が一、このうなじが折れてしまったとしたら、わかるでしょ。それ以来、私はうなじをつかむの」

姪っ子たちがやってくると、家の中は喜びと叫び声で満ち、オレンジ風味のゴーフルの匂いが漂い、ポルトガル語の歓声が飛び交った。両親は長い休暇の時期がやって来るのを待ち焦がれていた。末っ子は試合をして遊ぶために剣を作り、リチャード獅子心王の年表を用意し、紋章の当てっこコンクールの準備をした。騒々しさは苦手な長男でさえ、少しずつ心を開いて、子どもたちの自転車のブレーキがちゃんと効いているか、ブランコはしっかり繋がれているか、川岸の道は滑らないかなどをチェックする側に回っていた。長男は長女の二番目の娘の面倒をみることが多かったが、彼と同様に口数の少ない子で、頭を使うゲーム、パズル、謎かけをして遊ぼうとせがんでくるのだった。長男は姪のバスケットシューズの紐を結び直しながら、言葉を選びつつ根気よく答えていた。

ある日、末っ子は、長男と二番目の姪っ子が中庭の私たち石の日陰に座っているのに気づいた。数独の本に二人して頭を突っ込んでいた。長男は眉間にシワを寄せて、開いたページに鉛筆を突っ立てて低い声で話していた。同じような褐色の髪を肩まで伸ばしている姪っ子は長男の腕に頬をのせ、数字で埋まった碁盤の目に集中していた。二人があまりに没頭している様子に、末っ子は息をすることさえはばかられた。夏の淀んだ空気の中、川の音だけが壁の向こう側からかすかに聞こえていた。そのとき、末っ子の目が、中庭とは反対側の中世の扉の戸枠に立つ長女の姿を捉えた。彼女もまた長男と自分の娘の様子を観察していたが、二人は二重の視線に挟まれていても何も気づいていなかった。長女は戦地を見張る将官のごとき不安を抱え、確かめているのだと末っ子は思った。長女の視線が末っ子の視線と交差した。そこで末っ子は長女から視線をそらすことなく、歩み寄ることもせず、勝利の印に親指を立ててみせた。再生を成し遂げたのだ。

こうした夏のあいだ、かつて子どもを寝かせていた大きな二枚のクッションはいつも中庭に置かれ、姪っ子たちはそこで身体を丸めたり、跳ねたり飛んだりした。一番幼い三番目の娘はそこで昼寝もした。私たち石は何度となく長男と長女の顔にふと影がさすのに気づいたが、私たち石にはその訳がわかっていた。くの字型に倒れた両膝、窪んだ足の裏、微風にかすかに揺れる髪、そこにいないのにまるでそこに寝ているように思わせる別の身体を見たような錯覚に陥っているのだ。しかし、実際にクッションの上にいるのは普通の子ども、目をこすっておやつを要求している二歳の子どもだった。

長女一家がリスボンに戻り、長男も街に帰ってしまうと、末っ子は再び自分の居場所を取り戻した。両親と三人の穏やかな夕食の時間が戻ってきた。ささやかな幸せの積み重ねの日常に身をまかせるのが大好きだった。大紋章の意義や由来を知りたくて、歴史の勉強をする時間の取れる夜を待ち焦がれていた。末っ子は胸の中で、まるでそれまで留守にしていたかのように、子どもとの関係も取り戻していった。自然との神秘的な交信について、ひっそりとたたずむ山の起伏について、沼地の近くのイノシシについて、石の下にいるダンゴムシについて、再び子どもに話し始めた。こうして自分の陣地を再び見出していったが、その陣地、それは亡くなった兄そのものだった。両親と、自分と、子ども、心の中ではいつも四人でいた。四人だからといって、誰か非難できる人がいるだろうか。

復活祭の休暇中のある晩、山は嵐に襲われた。稲妻に筋をつけられた暗い空で雷鳴が太鼓のようにとどろいた。あまりに突然の豪雨に川が一気にあふれ出し、チョコレート色になった水が激しく砕け散った。水の勢いで川辺の木々の樹皮は剝がされ、幹が半分生々しい肌を見せていた。かつて祖母が暮らしていた離れのテラスにまで枝や小石が騒々しい音を立てながら押し流されてきた。私たち石は踏ん張った。誰かしらは壁からはずされ、地面を転がり、風に翻弄されることになるのはわかっていた。風、こいつは大昔からの敵だった。火や水は怖くないが、風はその強力さが違った。唯一風だけは私たち石を解体することができるのだ。

篠突く雨に煙る霧を、消防車のヘッドライトの光が突き刺していた。電柱が倒れて集落の一番奥まったところにある家の屋根を直撃していたのだが、風に運ばれてきた車が消防車の行く手を塞いでいた。ピンと張ったよく切れる糸のような雨が小さな滝となって山から道路へと流れ込み、消防車はルーフに叩きつける滝のような雨の衝撃で、危うく橋に衝突するところだった。

こうした自然の猛威の接近については家族のみんなそれぞれに心得があった。午後には父親が川の氾濫に備えて車を上のほうに駐車し直し、道具をさらに高いところに置き、薪小屋を固く閉ざし、庭の家具を家の中に入れて、地下室の採光換気窓をすべて開けた。水は閉じ込めずに循環させせなくてはならない。父親、母親、長男と末っ子は、川に面した窓の前に立ち、危険な場合は行動を起こすために、水かさの上昇を見積もった。彼らは川から目を離さなかった。しばらくして子どもの部屋に避難した末っ子は、風に翻弄されて身をよじる木々を見ていた。モミの木はまるで鳥のように枝を上下にばたつかせていた。彼はすべての生き物たちが身を守れますようにと全身全霊で祈りつつ、轟音に身を任せていた。鳥たちの巣、カエルたちが繁殖する川のくぼみ、キツネやイノシシたちの巣穴、トカゲたちが身を隠す壁のひび割れの場所を頭の中で数えたが、もうたいした数は残っていないはずだった。水は、彼の心の拠り所である仲間を連れ去り、すべてを粉砕してしまった。危険を察知して身を丸めているに違いないダンゴムシさえも、雨に流され、転がっているはずだった。

中庭の扉を叩く音にハッとして飛び上がった。

一人の羊飼いが立っていた。ふさ飾りのように雨の滴り落ちるツバの大きな革の帽子を被り、丈の長いレインコートを着ていた。父親と握手を交わして挨拶をすると、轟音にかき消されまいと声を張り上げつつ、数日前から一頭の家畜を探していると言った。この豪雨で古い風車小屋に逃げ込んでいることがわかったのだが、その雌羊は病気にかかっており、なんとかして雌羊の身体を起こしてトラックに乗せるのを手伝ってもらえないだろうかということだった。もちろんです、子どもたちに声をかけます、と父親は即答した。

長男と末っ子は長靴を履き、レインコートのフードを被って家を出た。外は、低く長いとどろきと重なって巨大な波打ち音が広がっていた。みんなで前かがみになって進んだ。雨はまるで癇癪を起こした幼児のげんこつのように彼らの肩を叩きつけた。圧縮されて厚みを増した膜のような水が、かかとに絡まりついた。彼らは歩みを速め、橋に差しかかると、その下には水が茶色の大きな泡となってどくどくと押し寄せていた。段々畑を左に曲がり、風車小屋に辿り着いた。低い戸口をくぐり抜けるためにさらに背中を丸めた。

末っ子は、まるで洞窟の中に入っていくようだと思った。足を踏み入れると、静寂と、闇と、ひんやりした空気に包まれていた。石は一面、雨に濡れ、やかましい鈴のような雨の音しか聞こえなかった。暗闇の中、生き物の気配がした。雌羊は横たわっていた。異様なまでに大きなベージュ色の脇腹、華奢な脚、ツヤのある蹄が見えた。腹部を膨らませながら喘いでいる様子を見て、末っ子は自分の手で触れずにはいられなかった。柔らかだった。個体識別番号の書かれたプラスチックの札をつけられた耳もビロードのようだった。雌羊は目を閉じていた。黒くて長いまつげに縁取られた、ほとんど堅くて、まん丸のまぶたにも指でそっと触れてみた。下唇が震えていた。太鼓を叩くような雨音に混じって短く呼吸する音だけが響いていたが、末っ子にはそれはたった一つの音、馬が軽やかに駆け抜けていく音に聞こえた。命が消えていくのだと思った。すると目の前に、雨で濡れてテラテラ光っている緑色の大きなクロスがはためき、広げられた。父親の声で、風車小屋にいるのだったと現実に引き戻された。

「雌羊を乗せて外に出すのを手伝ってくれ」

彼らは蹄をつかみ、一、二、三の掛け声で持ち上げた。雌羊の身体は重かった。羊飼いがトラックの後ろの扉を開けてあった。その横で、長男の靄のかかったシルエットが彼らを待っているように見えた。フードで顔は見えなかった。

風車小屋を出ると、雌羊の頭が父親の上腕から滑り、ガクッと倒れた。一瞬、異様な格好で空気を払いながら、衰弱した肉体はさらにずっしりと重くなった。首の皮膚が固かった。雌羊の身体を揺らし、勢いをつけてトラックに乗せた。二人の腕の中から放たれた雌羊の重みでトラックが揺れた。

「腸閉塞だ」と父親が両手を膝にあて、息を整えながら言うと羊飼いはうなずいた。

「ムラサキウマゴヤシかクローバーを食べたんだろう」独り言のようにつぶやいた。「いずれにしても、ガスが溜まって腸閉塞になってしまったんだ」

末っ子が聞いたらじっくり味わうような言葉だが、彼の耳には入らなかった。末っ子の視線はトラックの中の、フードを下ろした長男の大きな身体に注がれていた。長男はひざまずき、ますます息づかいの早くなる雌羊にかがみ込んでいた。雌羊の口の端っこから白い泡が出ていた。長男は雌羊のそばに身体を横たえ、額を雌羊の額に押しつけ、片手で膨らんだお腹をさすった。その手は、暗い背景の中を行ったり来たりする白い染みのように見えた。何かをささやいていたが聞き取れなかった。末っ子はその様子に見入っていた。長男の褐色の髪が動物の毛並みと混じり合っていた。雨はそんな兄と雌羊をこの世から隔離するように一段と強くなったと感じた。衰弱した命と寄り添っている兄は、自分の居場所にいるのだと末っ子は思った。

父親はその光景に少し戸惑い、羊飼いとの話を長引かせた。長男が立ち上がって雌羊をじっと見つめ、そしてトラックの扉を閉めた。「どうなったか知らせてくださいね」と父親が言うと、羊飼いは帽子の端っこに触れて応えた。トラックが発進すると、ヘッドライトが霞んだ空気に溶けていき、そして闇に消えた。彼らを呼ぶ母親の声が聞こえた。三人は家のほうに向かって歩いた。中庭に戻ってきたとき、風はやっとのことで収まり、叩きつけるように降っていた雨もやさしい小雨になり、私たち石には、末っ子が自分の手を長男の手に滑り込ませ、長男がそれを受け止めるのが見えた。

夕食のテーブルで、末っ子はさらに大胆になって、心臓をドキドキさせながら自分の頭を兄の肩に置いた。そこでも兄は身動き一つしなかった。母親はすぐに携帯を手にとって写真を撮り、その写真を長女に送った。そして父親の耳元でささやいた。あまりに小さな声だったのでほかの人には聞き取れなかった。

「傷ついた息子、反抗的な娘、適応できなかった子ども、そして魔法使い。みんなよくがんばったわね」

二人はほほえみ合った。

解説

フランス文学者・放送大学教授
野崎歓

一家には男の子が一人、女の子が一人いた。三番目に生まれてきた男児は、上の二人とはまったく違っていた。目が見えず口がきけず、体を動かすこともできない。「ずっと新生児のまま」だろうと医師に宣告されたその「子ども」の誕生によって、家族の暮らしは一変し、兄妹の人生も大きく影響を受けることになる。

作者クララ・デュポン゠モノは、『偶然と必然』で知られる生物学者ジャック・モノーや、映画監督ジャン゠リュック・ゴダールが遠縁にあたるという、由緒ある一族の出身だ。ソルボンヌで古仏語を専門に学んだのち、ジャーナリストとして活躍。ラジオやテレビの番組制作にも関わるかたわら、小説を書き始め、中世を舞台とする歴史小説で手腕を発揮した。そして二〇二一年に発表された、それまでとは作風の異なる本書『うけいれるには』によって、大きな反響を引き起こし、広く名を知られることとなった。

インタビューで語っているところによれば、これはデュポン＝モノ自身の少女時代を下敷きとした作品であるようだ。彼女には作中の「子ども」と同じような障がいのある弟がいた。早世したその弟のことを決して忘れたくない、弟の存在のしるしを世に残したいという想いをかねてより抱き続けていた。そして時は熟し、ついに弟と自分たち家族の物語を書き上げたのだ。

直接経験した事柄ならではのヴィヴィッドな感触が、はしばしにうかがえる。同時に、これはたんに昔日の回想や記録というのではない、まぎれもなく一個の小説だと思わされる。結晶度の高いきらめくような文章のうちに、登場する人物たちの悩みや苦しみ、愛や喜びが宿っている。エモーショナルな読書の充実感を深々と味わわせてくれる小説である。

長男、長女、そして末っ子。三人それぞれの立場から「子ども」とのかかわりを描く構成が鮮やかな効果をあげている。とりわけ、長男と長女の態度の違いが何とも印象的だ。

長男が示すのは「子ども」への全面的、絶対的な愛着であり、ほとんど一体化するかのような没入である。もともと彼は自信にあふれ、「穏やかな権威に満ち」た風情で仲間たちに一目置かれる「かっこいい少年」だった。ところがにわかに、周囲のだれともつきあわなくなる。「子ども」に魅せられたように、ひたすら彼によりそい、その目となって外界の様子を話して聞かせ、歌を口ずさんでやる。抱きかかえて屋外に連れていき、木々に囲まれた川べりの空気を吸わせてやる。体をマッサージし、頰と頰をすりよせる。献身的に世話をするというだけではない。「弟が彼の世界の中心となった」のであり、その中心から離れて存在する人々は、もはや「他者」でしかなくなる。彼らが「普通であることを勝ち誇っている」ことへの反撥はいっそう、長男を「子ども」に密着させる。その結果、弟への想いはほとんど情熱恋愛に近いほどの激しさを帯びる。

親戚の結婚式に連れて行かれた彼が『トリスタンとイゾルデ』の神話」を思い起こすくだりがある。「自分たちの愛に溶け合っていた」男女の物語だ。長男が弟に対して抱く愛情は、まさにトリスタン的な側面をもつ。言うまでもなく、『トリスタンとイゾルデ』は悲劇的な終わりを迎える物語だ。しかし自らを捧げつくすことによってのみ知ることのできる幸福もある。

「長男は子どもがもたらすものについて考えてみた。適応できない子どもかもしれない、しかしほかの誰がこれほど人を豊かにする力を持っているというのだろう？」

障がいをネガティヴなものとはまったく考えず、「子ども」の「純真さ」こそ何よりも尊いものだとして、長男はその在り方を全面的に受け容れた。そうすることで彼自身の人生もまた純真、純一な感情に——極端なまでに——貫かれることとなる。

それに対し「第二章　長女」は、いわば真っ向からアンチテーゼを突きつける。長女は、障がいのある「子ども」のすべてを拒み、否定しようとさえする。何しろ友だちには「兄のほかにきょうだいはいない」と嘘をつくほどなのだ。「子ども」の誕生によって家族の平安な日常は壊され、兄は自分を一顧だにしなくなった。そんな変化が長女には決して許せない。

「子ども」を憐れむどころか、嫌悪感を隠せず、世話を焼こうともしない長女の態度には、異質なものを頭から排除しようとする幼稚さや思いやりの欠如が感じられるだけではない。むしろ、「不平等に対する深刻な怒り」を根底に秘めている点で、彼女はとても誠実な資質を示していると言える。その怒りはさまざまな反抗的行動となって表現される。頭を半分刈り込んだり、ボクシングジムに通ったり、「山に足蹴りを入れに行った」り。そんなむやみな暴れっぷりが、何と共感を誘うことか。彼女自身が苦しくてたまらず、つらくてならないことがひしひしと伝わってくる。だからこそ、怒りで自縄自縛になっていた彼女がふとわれに返り、家族がすっかりばらばらになっている現状に気づいて一人、「戦い」を開始する瞬間が感動的だ。反逆のエネルギーは、いまや家族の「崩壊」に対する抵抗に振り向けられる。

障がいのある子どもとの共生を主題とした日本の作家に大江健三郎がいる。大江には

『恢復する家族』というエッセイがあるが、この小説は長女の覚醒とともに、まさに家族の恢復を描き出そうとする。

「第三章　末っ子」に至ると、そこに新たなメンバーが加わって物語に力強い進展をもたらす。「弱いものがなんでも好き」で「唯一許せないのは不公平」という末っ子のまっすぐな気性は長男にも通じるが、長男のように周囲に背を向けて内向するわけではない。末っ子は長女ととても仲がよく、同じようないきいきとした生への意欲をみなぎらせている。しかし、かつての長女とは異なり、いたずらな反抗に身をすり減らすことはない。

つまり末っ子は、長男と長女の相矛盾する性格をあわせもちながら、それらを止揚し、統合する可能性を示している。しかもときおり目を閉じて「子ども」と一体化したり、話しかけたりするひとときが彼にとって大切な意味を持つ。兄二人と姉をそろって束ねるほどの力量を備えた、素晴らしい新メンバーなのだ。

しかも彼はなぜか〝できすぎ〟の印象を与えない。むしろ、こんな子が生まれてすくすくと育ち、まわりの人々に深い喜びを与えてくれるというのもまた、大きな「自然の摂理」の一環なのだという思いを抱かされる。自分たちはみな「千年の人生を送っている」と末っ子は考えるのだが、そうした遥かな時間の感覚も、本作品の独特な魅力となっている。家族のドラマが、どこか現代離れした時の流れに裏打ちされている。長女を見守り応援する祖母の姿——「忠誠心、忍耐、そして慎み」を体現する「正真正銘のセヴェンヌの女」――がじつに頼もしく、印象に刻まれる。古来より保たれてきた共同体の精神性が物語の根底にはある。

どこまでも平原が続くフランスの国土だが、南部には二千メートル近い山並みがそびえている。中央高地と呼ばれるその一帯を貫くのがセヴェンヌ山脈である。近世において、ここはカトリックからの迫害を逃れてプロテスタント信者たちが隠れ住む場所となった。遠い宗教戦争の時代の記憶は本書の物語にもこだましている。村の人々はいまなお「プロテスタントの讃美歌」を歌っている。「良きプロテスタントは約束を守り、歯を食いしばり、胸の内を明かすことはほとんどしないのだ」と言われているが、そうした生き方は特段熱心な信者ではない「子ども」の家族たちにも受け継がれている。

そしてセヴェンヌといえば岩石である。「私たち石」が語る物語というこの作品の趣向に、いきなり驚かされる読者も多いはずだ。しかしセヴェンヌを舞台とするストーリーに「石」は欠かせない要素なのである。特徴的な岩の光景が続くセヴェンヌの観光コースを、ネット上でも辿ってみることができるが、ツーリズムの要素となるはるか以前から、岩石は山地の人々にとって大切な建材だった。古色を帯びた石が中庭に敷き詰められ、壁も石造りである。それはたんに硬く冷たい物質ではない。そこには人間の寿命をはるかに超える長い時間が凝縮されている。末っ子が石に一個一個名前を付ける場面が示すとおり、石はいつも子どもに寄り添い、「胸の内」を受け止める友でさえある。悲痛な思いがあふれだす瞬間に事欠かないこの小説が、堅固なものに支えられていると感じられるのは、「証人として」の石たちのおかげではないか。

やはりインタビューで、デュポン＝モノはセヴェンヌに固有の石壁の「から積み」について語っている。漆喰を用いず、単に石だけを積み上げ、互いの重さで支え合うようにする工法なのだという。作中の家族、きょうだいのあり方を彷彿とさせる。著者は子どもたちの成長と岩の多い土地の相貌を緊密に重ね合わせ、確乎たる小説世界を創り上げたのだ。

最後に、本書が日本でもすでに熱心な読者を獲得していることを記しておこう。フランスでは、最高の権威を持つ文学賞「ゴンクール賞」に対抗して、その最終候補作を高校生たちが読み、独自の受賞作を選ぶ「高校生のゴンクール賞」が数十年来、読書界にインパクトを与えてきた。その企画はいまや国際化されつつあり、二〇二一年、わが国でも実施されることになった。「日本の学生が選ぶゴンクール賞」の始まりである。澤田直・立教大学教授を中心として大学教員有志が集い、「ゴンクール賞日本委員会」が立ち上げられた。同委員会の呼びかけに対し、八十九名の学生（高校生も含む）が応募し、ボランティアの選考委員として数ヵ月にわたり討議を重ねた。その結果選ばれた第一回受賞作が本書なのである。

参加した学生たちのフランス語読解力には、むろんばらつきもあっただろう。だが重要なのは、この小説が彼らの心を強く揺さぶり、忘れがたい読書経験をもたらしたという事実だ。石が語るという不思議な設定から、三人きょうだいそれぞれの視点による立体的な構成、「ケア」の問題にかかわる問題提起等、原書と向かいあった学生の選考委員たちは特質を的確にとらえて評価した。

じつはフランスでも本書は「高校生のゴンクール賞」を受賞している（女性審査員のみで選出する、由緒あるフェミナ賞も受賞）。日仏の若い読者たちの意見が期せずして一致したのは、この小説が文化や言葉の違いを超えて訴えかける作品であることの証しだ。「日本の学生が選ぶゴンクール賞」の記念すべき第一回受賞作が、原文の気韻を伝える見事な訳文によりここに刊行されるのは嬉しいことだ。多くの読者が、学生たちの選択を受け止めてくれますように。

二〇二三年二月

本作品は、在日フランス大使館の翻訳出版助成金を受給しております。

本作品は、アンスティチュ・フランセパリ本部の助成金を受給しております。
Cet ouvrage a bénéficié du soutien du Programme d'aide à la publication de l'Institut français.

INSTITUT
FRANÇAIS

訳者略歴　上智大学文学部仏文科卒業　著書『それでも暮らし続けたいパリ』 訳書『Kitano par Kitano 北野武による「たけし」』北野武, ミシェル・テマン, 『夜の少年』ローラン・プティマンジャン（ともに早川書房刊）, 『生きながら火に焼かれて』スアド, 『ヌヌ 完璧なベビーシッター』レイラ・スリマニ他多数

うけいれるには

2023年3月10日　初版印刷
2023年3月15日　初版発行

著者　クララ・デュポン＝モノ

訳者　松本百合子（まつもとゆりこ）

発行者　早川　浩

発行所　株式会社早川書房
東京都千代田区神田多町2－2
電話　03－3252－3111
振替　00160－3－47799
https://www.hayakawa-online.co.jp

印刷所　精文堂印刷株式会社
製本所　大口製本印刷株式会社

Printed and bound in Japan

ISBN978-4-15-210218-8 C0097

乱丁・落丁本は小社制作部宛お送り下さい。
送料小社負担にてお取りかえいたします。